Arena-Taschenbuch
Band 50560

In der Reihe *Wahre Pferdegeschichten* von der Autorin
im Arena-Taschenbuch:
Blindes Vertrauen
Auf der Suche nach Calido
Letzte Chance für Jana
Schwere Zeiten für Julia
Entscheidung fürs Leben

Margot Berger
begann ihre Journalistenlaufbahn als Redakteurin bei großen Tageszeitungen und Frauenzeitschriften. Die begeisterte Reiterin und Pferdeexpertin lebte und arbeitete als selbstständige Journalistin und Buchautorin in Hamburg.

Margot Berger

Freundschaftsprobe

Eine wahre Pferdegeschichte

Arena

Erzählt nach einer wahren Geschichte.
Die Namen von Personen und Orten
wurden geändert.

FSC
www.fsc.org
MIX
Papier aus verantwortungsvollen Quellen
FSC® C110508

1. Auflage im Arena-Taschenbuch 2016

Covergestaltung: Frauke Schneider unter Verwendung eines
Fotos von Martin Ley © mauritius images
Umschlagtypografie: KCS GmbH · Verlagsservice & Medienproduktion,
Stelle/Hamburg
Gesamtherstellung: Westermann Druck Zwickau GmbH
ISSN 0518-4002
ISBN 978-3-401-50560-2

Besuche uns unter:
www.arena-verlag.de
www.twitter.com/arenaverlag
www.facebook.com/arenaverlagfans

Wettlauf mit der Zeit

Pferde-Drama im Moor

DÜMMER-WESER-LAND (MB) Zu einem dramatischen Rettungseinsatz musste gestern die Feuerwehr des Dümmer-Weser-Landes ausrücken.

Eine Reitergruppe war im Großen Moor vom Weg abgekommen und hatte per Handy den Notruf alarmiert. Während die jungen Reiterinnen sich aus eigener Kraft in Sicherheit bringen konnten, drohte eines der Pferde im Moor zu versinken. Zunächst schien die Bergung für die Feuerwehr eine lösbare Aufgabe zu sein, denn die Wehr verfügt über ein spezielles Hebegeschirr für Großtiere, das sie zur Rettung verunglückter Tiere aus Gräben oder Teichen einsetzt. Am Einsatzort stellte sich jedoch schnell heraus, dass die schweren Feuerwehr-Fahrzeuge die Wege im Moor nicht befahren konnten.

Die Bergung wurde zum dramatischen Wettlauf mit der Zeit!

1. Kapitel

Mit der Handkante hämmerte Sarah gegen den klemmenden Eisenriegel, der die mannshohe Tür im Zaun vor dem Offenstall verschloss. Der Schieber gab um keinen Zentimeter nach, dafür tat ihr mittlerweile ganz schön die Hand weh.

Verflixt, sie war doch kein Schwächling. Das blöde Holztor war einfach total verzogen, schon seit Tagen. Sarah rieb sich die vom Märzregen klammen Finger und versuchte es noch einmal.

Verzögerungen konnte sie heute überhaupt nicht gebrauchen! Sie hatte nur eine knappe Stunde Zeit, um auszumisten, Heu zu verteilen und die drei Pferde vom Auslauf zu holen. Denn danach stand gleich der nächste Termin an: Paul, ihr neunjähriger Bruder. Um sechs Uhr wartete er wie üblich vor dem Sportzentrum auf sie. Dass sie ihn regelmäßig abends vom Fußballtraining abholte, gehörte zu Sarahs freiwilligem Familien-Dienst.

Wer, außer mir, dachte Sarah, während sie ihre Schulter gegen den Türrahmen presste, ist eigentlich so verrückt, sich ein ganzes Jahr lang zusätzliche Aufgaben aufzuhalsen? Nur um den El-

tern zu beweisen, dass sie sich voll auf ihre Tochter verlassen können!
Dieses Vertrauen ihrer Eltern brauchte Sarah, damit sie ihr grünes Licht für den Wanderritt gaben, von dem sie seit einem Jahr träumte. Alles wollte sie tun, wirklich alles, um sich diesen Herzenswunsch zu erfüllen – mit ihren Freundinnen Anna und Leonie eine Woche nur reiten, reiten, reiten. Und nicht nur das allein. In erster Linie sehnte Sarah die Reittour herbei, damit sie und ihr Pferd Nestor endlich enger zusammenwachsen konnten. Anderthalb Jahre nach dem Kauf war sie ihrem Haflinger noch längst nicht so nahe gekommen, wie sie sich das erträumt hatte. Nestor war alles andere als einfach. Genau genommen hatte er zwei Gesichter: Während er sich unter Pferden normal aufführte – freundlich, regelrecht kontaktfreudig –, war Nestor im Umgang mit Menschen das genaue Gegenteil. Vermutlich hatte er früher schlechte Erfahrungen mit Menschen gemacht und zog es daher jetzt vor, ihnen aus dem Weg zu gehen. Spröde, scheu und distanziert benahm sich Nestor, sobald sich ihm jemand näherte. Zwar gab es zwischen Sarah und ihm mittlerweile eine zarte, freundschaftliche Verbindung, aber nach wie vor trennte sie eine unsichtbare Wand von ihrem Pferd. Wenn es darauf ankam, wenn Gefahr drohte, suchte Nestor nicht ihre Nähe, sondern folgte dem Wiehern von Miro, dem Herdenchef.
Unzählige Fachbücher über Pferdeverhalten hatte Sarah durchforstet. Den Aufbau von Vertrauen studiert. Dabei war ihr der Einfall für die Gemeinschaftstour gekommen. Ein entspannter Wanderritt schien Sarah die ideale Therapie zu sein. Tag und Nacht könnte sie an Nestors Seite sein – und ihr Haflinger hätte auch seine vertraute Herde dabei. Tierärztin Dr. Ehrmann fand

die Idee hervorragend. Ganz nebenbei versprach ein solcher Ritt ein prickelndes Abenteuer zu werden. Mit Leo und Anna im Heu schlafen ... mit den Pferden picknicken ... im See schwimmen. Grandios.
Was hatte sie zu Hause geredet, um ihre Eltern herumzukriegen! Zuerst hatten sie rundweg abgelehnt.
»Du bist erst vierzehn, Sarah.«
»Leonie und Anna sind auch nicht viel älter, gerade 15 – und die dürfen.«
»Wir lassen unsere minderjährige Tochter doch nicht allein durch die Weltgeschichte reiten. Außerdem ist Nestor zu unruhig.«
»Wegen Nestor wollen wir den Ritt ja machen! Wir sind total sicher, dass er sich enger an Menschen anschließt, wenn wir immer mit ihm zusammen sind. Sagt Dr. Ehrmann auch.«
Zäh hatte Sarah jeden Tag aufs Neue versucht, ihre Eltern zu überzeugen, dass dieser Wanderritt unbedingt notwendig war. In Fachbüchern suchte sie nach entscheidenden Stellen und hielt ihren Eltern die markierten Sätze unter die Nase.
»Hier, lest selber. Man soll mit dem Pferd viele Stunden außerhalb der Reitzeiten zusammen sein. So baut man eine positive Beziehung auf.«
»Zugegeben, so eine Aktion bekäme Nestor bestimmt gut«, gab Sarahs Vater zu. »Aber dass ihr ohne Erwachsene reiten wollt, ist schon ein Hammer. Kann euch denn kein erfahrener Reiter begleiten?«
»Ihr könnt doch nicht allein durch halb Niedersachsen reiten«, wandte auch Sarahs Mutter besorgt ein. »Ihr seid noch so jung. Wir könnten ja vor lauter Sorge nicht schlafen.«

»Aber ihr könnt euch voll auf mich verlassen. Auf Leo und Anna auch.«

Schließlich kam von den Eltern ein neuer Vorschlag: Karolin sollte mitreiten, Annas erwachsene Schwester, die schon viele Wanderritte hinter sich hatte. Aber damit konnten sie Sarah nicht kommen. Natürlich, Karolin war ein Schatz, hilfsbereit, immer mit Rat und Tat zur Stelle – doch was sollten sie mit einer 22-Jährigen anfangen, wenn sie sich abends im Heu Horrorgeschichten erzählen wollten? Das ging überhaupt nicht.

Die Einwände der Eltern hörten nicht auf.

»Und wenn ihr unterwegs einen Unfall habt?«

»Wir nehmen alle ein Handy mit! Und rufen jeden Tag an. Wir geben euch die Adressen der Nachtquartiere. Und falls wirklich etwas nicht in Ordnung ist, seid ihr mit dem Auto in ein bis zwei Stunden bei uns. Aber es wird nichts passieren.«

»Und was, wenn euch nachts jemand überfällt, auf einem dieser abgelegenen Bauernhöfe?«

»Mama, Papa, ihr seht zu viele schlechte Filme . . .«

Obwohl Sarahs Probezeit nicht mehr lange dauerte, kamen ihr die letzten Wochen vor ihrem 15. Geburtstag endlos vor. An diesem Tag wollten ihre Eltern eine endgültige Entscheidung fällen, ob Sarah den Wanderritt machen durfte oder nicht. Eine schicksalhafte Entscheidung, wie sie fand.

Quietschend ließ der angerostete Riegel sich endlich beiseiteruckeln.

Sarah stieß die Tür auf und schlüpfte in den viereckigen Innenhof, an dessen Breitseite ein langer Schuppen mit schräg abfallendem Blechdach stand, berankt von wildem Wein. Jetzt, zum Winterende, hingen seine Triebe grau und kraftlos herab.

Mist, nicht aufgepasst! Sarah patschte mitten in eine Pfütze. Ein dünnes Rinnsal lief ihr in die Turnschuhe und breitete sich kalt in den Socken aus.
Aber sie kümmerte sich nicht um ihre nassen Füße. Sobald Sarah ihr Reiterreich betrat, machten ihr solche Kleinigkeiten nichts aus. Gar nichts. Ob Regen den Boden aufweichte, Glatteis die Erde in eine Rutschbahn verwandelte oder Sommersonne den Innenhof zum Glutofen aufheizte – hier war sie für ihr Leben gern.
Auf den Außenkanten der Schuhe balancierte Sarah über den matschigen Hof zum Unterstand, den ihr Vater für sie zusammengezimmert hatte. Wahnsinnig nett von ihm, ihretwegen zu Hammer und Säge zu greifen, wo er als Bankangestellter viel lieber am Computer arbeitete.
Sarah bückte sich, zog die Schubkarre hervor und legte zwei Heuballen hinein. Sie stieß das Laufrad gegen die unverschlossene Tür zum Stall, bis sie ächzend nachgab. Im Gang vor der Box erkannte man kaum die Hand vor Augen. Ohne die Griffe loszulassen, warf Sarah sich gegen die Wand, wo sie mit schlafwandlerischer Sicherheit den Lichtschalter traf. Vier Leuchtröhren flammten auf.
Sarah hob den Kopf und schnupperte. Gab es einen schöneren Duft als den von frischem Stroh?
»Hey, tolle Überraschung!« Sarah stellte die Schubkarre vor der Laufbox ab, in der die Pferde im Winter die Nacht verbrachten. Leonie oder Anna hatten heute schon vor der Schule ausgemistet, obwohl eigentlich Sarah dran gewesen wäre. Sie freute sich wie verrückt, dass alles schon so pieksauber war – auch wenn sie diese freiwillige Hilfe in gewisser Weise belastete. Sie ließ

sich ungern einen Gefallen tun. Aber Anna und Leo waren nicht davon abzubringen, ihr so viel zu helfen wie möglich. Das ganze Jahr über schon. Ihrer Meinung nach gehörten ihre Freundinnen auf die rote Liste bedrohter Arten.

Sarah zupfte Heurippen auseinander und warf sie in die Box. Eine Handvoll blieb hinter Nestors Stallschild hängen und Sarah lächelte in sich hinein, als sie die Halme herauszupfte.

Nestor, Haflinger, Besitzer: Sarah Rathmann, stand auf der schwarzen Tafel.

Daneben hingen zwei weitere Namensschilder.

Leikna, Island Pferd, Besitzer: Leonie Wagner

Miro, Freiberger Pferd, Besitzer: Anna Koch

Sarah seufzte. Wenn sie doch auch so leichtes Spiel mit ihren Eltern hätte wie Leo und Anna. Die waren auf dem Land aufgewachsen und ihre beiden Familien hatten viel Erfahrung mit Pferden und anderen Tieren. Ohne viel Theater hatten sie dem Wanderritt zugestimmt, weil sie wussten, dass ihre Töchter sicher im Sattel saßen. Außerdem war Frau Wagner, Leos Mutter, selber eine erfahrene Wanderreiterin, die sich lebhaft an ihre erste Tour erinnerte. Damals war sie auch erst 15 gewesen. Ihre ganze Hoffnung setzte Sarah in Frau Wagner, denn die traf sich oft mit ihren Eltern und schwärmte von dem wunderbaren Gemeinschaftserlebnis.

Und es schien auch schon ein wenig zu fruchten. Immerhin hatte Sarah es mittlerweile geschafft, das klare »Nein« ihrer Eltern aufzuweichen, das drei Monate lang so gut wie ausgesprochen war. Als Großstädter – Berliner, die vor zehn Jahren nach Osnabrück gezogen waren – reichte die Haustier-Erfahrung der Rathmanns gerade für Pauls Meerschweinchen. Was Pferde be-

traf, waren Katrin und Nico Rathmann ziemlich ahnungslos und daher vorsichtig.
Sarah stieg über den oberen Holm in die Box, durchquerte sie und schlüpfte durch den Vorhang aus Plastikstreifen nach draußen. Der Regen ließ nach, trotzdem stand der Sand stellenweise unter Wasser. Die Pferde hatten sich auf die trockenste Fläche am Zaun zurückgezogen, wo sie eng beieinander dösten.
»Kommt her«, rief Sarah und schob den Streifenvorhang beiseite.
Die kleine Gruppe drehte sich um und trottete auf sie zu. Pferde kennen ihre Fütterungszeiten.
Nestor geht keinen Schritt schneller, bemerkte Sarah, obwohl er mich todsicher erkannt hat. Es gab ihr jedes Mal einen Stich, wenn andere Reitermädchen in der Schule prahlten: »Sobald ich mein Pferd rufe, stürmt es auf mich zu.«
Das konnte sie bei Nestor vergessen.
Dabei hatte sie doch jedes Opfer für ihn gebracht! Sie hatte alles getan, um ihm nahe zu sein. Ihr geliebtes Judo aufgegeben, weil sie jede freie Minute mit Nestor verbringen wollte. Wenn sie ehrlich war, fehlte der Sport ihr, das Training, die Wettkämpfe. Aber egal. Vielleicht später wieder. Nestor ging vor. Seinetwegen hatte es kürzlich noch Stress in der Schule gegeben, als Sarah den geplanten Schüleraustausch nach Spanien abgesagt hatte. Himmel, war ihr das schwergefallen! Wie verrückt hatte sie sich auf die Zeit in Barcelona gefreut. Doch was sollte in den zwei Monaten mit Nestor passieren? Auf keinen Fall wollte Sarah riskieren, dass das dünne Band zwischen ihnen zerriss, während sie in Barcelona Spanisch lernte.
Wie immer marschierte Nestor neben der Isländer Schimmel-

stute Leikna. Miro, der braune Freiberger Wallach, blieb als Herdenchef hinter den beiden.
Sarah spürte ein warmes Glücksgefühl, als Nestor über den Paddock auf sie zukam. Zuneigung und Freude. Stolz. Er sah sensationell aus, ihr Rotfuchs, wenn seine blonde, fast weiße Mähne im Wind hochwehte und seine Augen leuchteten.
Ob sie es je erleben würde, dass er ihr zuwieherte? Zwar war Nestors sperrige Ablehnung weniger ausgeprägt als am Anfang, doch zu schmusen wie Miro oder Leikna ... davon war er Lichtjahre entfernt.
Aus Mitleid hatten Sarahs Eltern den abgemagerten Haflinger aus einem verwahrlosten Stall freigekauft. Für sie! Weil auch ihre besten Freundinnen Pferde besaßen. Damals war der Funke bei Sarah sofort übergesprungen, obwohl das Pferd ziemlich heruntergekommen war. Abgemagert, die Augen glanzlos, das Fell struppig. Irgendetwas an ihm hatte sie angerührt.
Als Sarah ihren Freundinnen in jenen Tagen aufgeregt von Nestor berichtet hatte, hatten die beiden sie aufgezogen.
»Was heißt, du willst Nestor, *obwohl* er so abgemagert und verstört ist?«, hatte Leonie gefragt. »Gerade *weil* Nestor so arm dran ist, hast du ihn ausgesucht. Ist doch auch verständlich, oder?« Auch Anna hatte das so gesehen und Sarah stimmte ihren Freundinnen im Stillen zu. Jeden Tag reiten zu können, war natürlich immer ihr Traum gewesen – aber noch mehr lag ihr am Herzen, diesem Tier ein neues Zuhause zu geben. Sicherheit. Geborgenheit. Nichts beschäftigte Sarah so sehr, wie der Wunsch, Zugang zu seiner Welt zu finden.
Anfangs war Sarah absolut zuversichtlich gewesen, Nestor schnell für sich zu gewinnen, nachdem sie gesehen hatte, wie

problemlos er sich im Offenstall mit Miro und Leikna angefreundet hatte. Und das, obwohl Dreiergruppen bei Pferden normalerweise kritisch sind. Es klappte, weil ihr Pferd Miro als Chef akzeptierte.

Die drei Pferde drängten jetzt an Sarah vorbei in den Stall, wo sie sich sofort über das frische Heu hermachten.

Sarah folgte ihnen und warf einen kontrollierenden Blick in die Tränke. Sauber. Wenn es um die Versorgung der Pferde ging, machte ihr so schnell keiner etwas vor. Mit einem kühnen Sprung setzte Sarah über die Boxenabtrennung, ging zur Futterkiste und verteilte geübt drei Handvoll Kraftfutter in die Futtertröge.

Sie und ihre Freundinnen kümmerten sich um alles selber. Füttern, Futterbestellung, sie organisierten Heu- und Strohlieferungen vom Bauern, sie misteten aus, streuten die Box ein, verabreichten Wurmkuren. Das war die Abmachung gewesen, um Nestor zu bekommen.

»Anders kriegen wir das finanziell nicht hin«, hatten ihre Eltern gesagt. »In einem normalen Reitstall sind die Boxen zu teuer. Pauls Hobby müssen wir ja auch bezahlen.«

Aufmerksam beobachteten die Pferde Sarahs Bewegungen, ohne das Malmen zu unterbrechen. Die Futterportionen wurden von den Mädchen nach und nach gesteigert, weil sie die Pferde stärker trainierten. Manchmal ritten sie schon drei Stunden am Tag, damit die Pferde Ende Juli fit waren, falls es mit dem Wanderritt wirklich klappte. In Sarahs Kopf tauchte das Große Moor auf, geheimnisumwittert.

Die Tür knarrte und erschrocken fuhr Sarah herum. In Gedanken war sie gerade über gruselige Wege geritten, zwischen Birken hindurch, an toten Teichen und gegerbten Moorleichen vorbei. Doch es war nicht unheimlich gewesen, im Gegenteil. Obwohl die Gegend so fremd war, ließ Nestor sich von ihr vertrauensvoll vorwärtsreiten. Ach, wäre das schön . . .

»Hi, Sarah.«

Anna. Prustend wie ein Pferd schüttelte sie sich den Regen aus der hellbraunen Mähne. Sarah lachte. Anna verbreitete sofort gute Laune. Ihre Freundin war einfach immer gut drauf. Eine geballte Ladung Fröhlichkeit. Ein Naturtalent im Ausgleichen. Sagenhaft, wie Anna es immer wieder schaffte, jedes noch so gereizte Gespräch umzubiegen.

Auf der anderen Seite gab es aber auch keine, die so direkt sein konnte wie Anna. Jetzt musterte sie Sarah von Kopf bis Fuß.

»Du siehst aus wie ein Schwein«, stellte Anna fest.

Sarah grinste und blickte an ihren Einmetersiebzig herunter. Ihre glatten kandisbraunen Haare zottelten als nasse Strähnen auf der Reitweste, an den Schuhen klebte grauer Schlamm und die blauen Jeans waren von Pfützenwasser schmutzig besprenkelt.

»Was erwartest du?«, fragte Sarah. » Es ist März. Normaler norddeutscher Winterdreck.«

Sie lachten und klatschten ihre Hände gegeneinander. »Hast du heute früh ausgemistet?«, fragte Sarah. Ihre Freundin nickte.

»Super, Anna. Vielen Dank. Sobald mein Testjahr abgehakt ist, mache ich alles wieder gut, ich verspreche es. So, und jetzt habe ich noch genau zwanzig Minuten Zeit. Gehen wir rüber?«

»Klar. Brauchst übrigens nichts gutzumachen, das ist doch Ehrensache unter uns. Hauptsache, der Wanderritt klappt.« Mühelos beugte Anna sich über die Querstange vor der Box – sie war die größte in der Clique –, um Miros Kopf zu tätscheln. »Leonie muss auch gleich hier sein.«

Der stattliche Wallach grummelte zufrieden und rieb seine Backe an Annas Arm, ohne das Fressen einzustellen.

Sarah zog die Nase kraus, als sie zum Anbau hinüberging. Ob Nestor jemals so vertraut mit ihr war?

Der Holzschuppen, der als Sattelkammer und Aufenthaltsraum diente, grenzte direkt an den Stall und war durch eine schmale Tür damit verbunden.

Drinnen war es klamm und kühl. Sarah hob die Faserpelzjacke vom Haken und zog sie über, bevor sie sich auf dem Sofa an der langen Wand zusammenrollte. Ein abgewetzter roter Teppich bedeckte breite, abgetretene Holzdielen. Zwei Korbsessel mit Zebra-Kissen flankierten den niedrigen Tisch, bei dem eine gefaltete Leckerlitüte das zu kurze Bein ausglich. In der Ecke hingen Sättel, Trensen, Stricke, Halfter. Romantische Poster mit Aufnahmen vom Moor zierten die Wände. Weißes Wollgras, wabernder Nebel, Glockenheide, niedrige Birken. Ihre Lieblingsziele beim Wanderritt.

Anna rückte einige Pin-Nadeln auf der Landkarte zurecht, die neben den Bildern hing.

»Fünfzehn Moore«, seufzte sie. »Wenn es doch endlich so weit wäre.«

Die Tür flog auf und mit einem Schwall feuchter Luft fegte eine zierliche nasse Gestalt ins Zimmer. Leonie. Sie rannte ständig, ob sie es eilig hatte oder nicht. Weil sie immer und überall für Schnelligkeit war, reichte ihr »Leo« als Name, Leonie fand sie zu lang.

Schwungvoll knallte sie ihre Thermosflasche auf den Tisch,

plumpste in einen Korbsessel und fuhr sich durch die blonden Fransenhaare, dass die Regentropfen nach allen Seiten stoben. Leos grüne Katzenaugen hungerten nach Herausforderung.

»Hab fix noch Tee gekocht«, sagte sie und sprang schon wieder auf, um Becher aus dem Regal zu holen. »Du musst sicher gleich weg, Sarah? Oh, Shit, vergessen.«

Sarah lachte. Das Letzte galt offenbar den schmutzigen Tassen, denn Leo zog den Sweatshirt-Ärmel lang und wischte damit die Becher aus, bevor sie Earl Grey eingoss. Heiße Schwaden stiegen auf und Zitrusduft erfüllte den Raum.

Einen Moment lang versanken die drei in den Bildern an der Wand, während sie an ihrem Tee nippten.

Der ersehnte Wanderritt.

Sarah dachte an ihren freiwilligen Familieneinsatz in den vergangenen Monaten. Sie musste ihre Eltern einfach überzeugt haben, so zuverlässig wie sie gewesen war. Mindestens zwanzig Mal hatte sie Paul vom Fußball abgeholt. Nicht ein einziges Mal hatte sie ihn vergessen. Bei jeder Verspätung im Stall oder in der Schule hatte sie zu Hause angerufen. Alle geliehenen Bücher zum Abgabetermin in die Bücherei getragen. Nie hatte sie angefaulte Möhren in ihrem Zimmer gelagert. Bis auf ein Mal, aber das hatte keiner bemerkt. Noch zwei Wochen bis zu ihrem 15. Geburtstag, zwei Wochen bis zur Entscheidung.

»Und wenn sie Nein sagen?«, fragte Sarah in die Runde.

Anna schüttelte den Kopf. »Werden sie nicht!«

»Aber wenn doch? Wenn meine Eltern es nicht erlauben? Reitet ihr dann allein los?«

Energisch tippte Leonie sich gegen die Stirn. »Spinnst du? Gemeinsam oder gar nicht. Wir machen die Tour doch hauptsächlich wegen dir und Nestor. Wenn er endlich zum Schmusepferd wird, können wir uns alle auf die Schultern klopfen.«

»Und das meinst du wirklich so?«

»Logisch. Haben wir doch ausgemacht.«

»Schwört es.«

Anna verzog das Gesicht. »Glaubst du uns etwa nicht?«

Herausfordernd legte Sarah ihre rechte Hand auf den Tisch. »Schwört.«

Leonies Handfläche, vom Teebecher angewärmt und trocken, schob sich über Sarahs Hand.

»Gemeinsam oder gar nicht.«

Dann Annas Hand. »Gemeinsam oder gar nicht.«

2. Kapitel

Sarah öffnete ihre Zimmertür einen Spalt und vergewisserte sich, dass die Luft rein war. Im Haus herrschte tiefe Stille, wie immer um fünf Uhr morgens. Sie schlüpfte auf den Flur und fuhr im Dunkeln mit der Hand über das hölzerne Treppengeländer. Auf Zehenspitzen stieg sie die Stufen hinab und schlich durch das Wohnzimmer in den neuen Wintergarten. Überall roch es frisch gestrichen, der Anbau war gerade rechtzeitig vor ihrem Geburtstag fertig geworden.

Vor den Sprossenfenstern erkannte sie im Halbdunkel die Konturen eines gedeckten Tisches. Ein Blumenstrauß in der Mitte. Narzissen. Wie die dufteten! Sarah atmete tief ein und tastete sich näher an ihren Geburtstagstisch. Sollte sie die rote Geburtstagskerze anzünden? Lieber nicht. Das überließ sie Mama beim Frühstück, schließlich war das Tradition bei ihnen.

Sie schaltete die Stehlampe ein und checkte mit einem Blick die Geschenke ab. Lag irgendwo ein Foto von Nestor? Das wäre ein Anhaltspunkt dafür, dass ihre Eltern ihr den Wanderritt auf den Geburtstagstisch gelegt hatten. Nichts zu sehen. Sofort verstärkten sich Sarahs Magenschmerzen, die sie schon die ganze Nacht geplagt hatten.

Vielleicht fand sie einen Brief mit der ersehnten Nachricht? Hastig sortierte Sarah die eingewickelten Päckchen und Tüten. Nichts. Nervös kaute sie auf der Unterlippe. Bedeutete das, ihre Eltern mussten ihren Entschluss mündlich erklären? Das konnte nur »Nein« heißen!

Sarah presste die Hände auf den Bauch. Warum hatte sie sich

bloß auf dieses dämliche Spielchen mit dem Zuverlässigkeitstest eingelassen? Was heißt eingelassen – sie war so blöd gewesen, das Probejahr selber vorzuschlagen!
Ohne ihren forschenden Blick vom Gabentisch zu nehmen, zog Sarah einen Stuhl heran und begann, die Päckchen im Lichtkegel der Leuchte zu öffnen. Eine DVD über Pferdeflüsterer. Von Papa. Eine Riesenpackung Kartoffelchips. Von Paul. Ein Buch über Pferdekrankheiten. Von Tante Regina.
Alles toll. Aber was Sarah suchte, war nicht dabei.
Sie griff sich ins Genick. Warum war der Nacken so steif? Ihre Schultern schmerzten. Sie hatte so sehr auf den Ferienritt mit Leo und Anna gehofft.
Hoffnungsvoll befühlte Sarah die anderen Geschenke. Sie konnte doch nicht jetzt schon alle öffnen ... Nur noch ein Paket, bevor sie zurück ins Bett kroch. Aber welches? Warum nicht das flache Päckchen hinter den Narzissen? An der breiten Schleife angelte sie es heran und riss das Papier ab – und dann schlug Sarah überrascht die Hände vors Gesicht.
»Danke«, murmelte sie. »Danke, danke, danke.«
Überwältigt von Freude drückte Sarah ein kleines, leichtes, dünnes, unscheinbares Stück Kunststoff an sich, in grellem Blau, zusammengeknautscht zu einer platten Scheibe. Höchstens ein paar Euro wert, aber im Moment das schönste Geschenk, das sie sich vorstellen konnte: Ein Falteimer zum Tränken von Pferden. Für Wanderritte! Wie weggezaubert fiel alle Anspannung von Sarah ab. Sogar den Nacken konnte sie wieder bewegen und die Muskeln taten kaum noch weh. Langsam zog sie den blauen Eimer wie eine Ziehharmonika auseinander. Auf dem Grund lag ein Brief.

»Liebes Sarahkind – nein, ein Kind bist du mit 15 wohl nicht mehr – Liebe Sarah! Wir haben lange darüber nachgedacht, wie wir uns entscheiden sollen. Inzwischen kennen wir jedes deiner Pferdebücher und jedes deiner Argumente und haben uns auch bei Tierärztin Ehrmann gründlich informiert. Wir glauben jetzt mit dir, dass ein Wanderritt Nestors Seele sehr guttun wird. Außerdem haben uns Leos Mutter und Karolin versichert, dass du eine gelassene, sichere Reiterin bist, was wir ja nicht so richtig beurteilen können.

Und was deine soziale Arbeit angeht – du hast dich im letzten Jahr sensationell geschlagen! Wir sind ohnehin davon überzeugt, dass wir uns hundertprozentig auf dich verlassen können. Kurz: Du hast alle Qualitäten, die man für einen Wanderritt braucht. Also los . . .«

Sarah sprang auf. »Nestor, wir dürfen!«, murmelte sie. Sie musste sofort zu ihm!

Eilig kritzelte sie eine Nachricht auf ein Stück Geschenkpapier: »Bin bei Nestor«, und zehn Minuten später rannte Sarah den ansteigenden Weg zum Stall hoch. Der Morgen graute und die Sterne fingen an, blind zu werden. Am Straßenrand erloschen gerade die Laternen, als Sarah keuchend vor dem Holzzaun ankam. Heute klemmte der Riegel nicht. Sie lief über den Hof und stürmte in den Stall.

Als das Licht aufflammte, richteten alle drei Pferde ihre Blicke hellwach auf Sarah. Leikna stand vorne in der Box, Nestor und Miro lagen mit angezogenen Beinen im Stroh. Während Miro liegen blieb, stemmte Nestor sofort seine Vorderhufe in die Einstreu, sprang auf und schüttelte sich.

Wenn Nestor doch auch liegen bliebe, schoss es Sarah durch

den Kopf. Liegen bleiben, wenn ein Mensch den Stall betritt, das heißt bei Pferden: Ich vertraue dir.
Aber negative Gedanken ließ sie heute nicht zu. Vielleicht hatte sie einfach die Tür zu stürmisch aufgerissen?
Sarah duckte sich unter dem hölzernen Holm hindurch in die Box, kauerte sich vor Nestors Vorderbeinen ins Stroh und hielt ihm den blauen Eimer unter die Nase.
»Sieh doch, ein Wassereimer für unterwegs. Wir dürfen los, Nestor. Freust du dich?«
Aufmerksam beugte Nestor sich zu ihr hinab und musterte Sarah. Wie ein kleines Kind, das die Worte nicht versteht, dachte sie. Das nur die Gesten sieht und den Klang der Stimme hört und daraus folgert, was gemeint ist. Sie musste an ihren kleinen Bruder denken. Wie genau Paul sie betrachtet hatte, als er noch nicht sprechen konnte. Wie er ihre Bewegungen beobachtet hatte, um zu begreifen, was sie von ihm wollte.
Der Haflinger zog den Kopf zurück und gab einen Grunzlaut von sich. Mit neuen Dingen ist nicht zu spaßen, las sie in seinen Augen. Im Nacken spürte Sarah Leiknas warmen Atem. Sie blickte auf. Die Isländer Stute stand hinter ihr und beschnupperte interessiert den blauen Kunststoff. Dann legte sie den Kopf zurück, zog die Oberlippe hoch und flehmte, um den unbekannten Geruch einzuordnen. Miro lag immer noch im Stroh, auch er wollte den Eimer beriechen, reckte seinen Kopf, schnupperte, und als er genug hatte, leckte er Sarah übers Haar.
»Guck doch mal, Nestor«, flüsterte sie, »wie nett Miro zu mir ist. Dabei bist *du* doch mein Pferd. Kannst du nicht auch mal so zutraulich sein?«

Nestor blickte verwirrt auf Sarah herunter, auf den Eimer und seine Pferde-Gefährten. Offenbar wusste er mit der Situation nichts anzufangen. Sarah seufzte und erhob sich, um Nestor den Widerrist zu kraulen. Sie wusste, wie sehr der Haflinger das liebte. »Warum redest du nicht mit mir, Nestor?«

Immerhin senkte er den Kopf und leckte sich die Lippen.

Draußen schwoll das Vogelgezwitscher an. Der Morgen zog vielversprechend herauf, der Wetterbericht hatte Sonne gemeldet, der Frühling steckte in den Startlöchern.

Sarah tätschelte Nestor noch einmal, dann öffnete sie die Tür zum Paddock und zog den Flattervorhang beiseite.

»Raus mit euch an die frische Luft.«

Gemächlich trotteten die drei ins Freie, gingen ein paar Schritte am Zaun entlang. Plötzlich reckte Nestor seine Nase in die Luft. Kribbelte die Frühlingsluft in seinen Nüstern? Mit hochgerecktem Schweif stürmte er plötzlich los, jagte über den Auslauf, schwenkte übermütig den Kopf. Miro und Leikna fegten im gestreckten Galopp hinterher. Unvermittelt blieben die drei wieder stehen, ihr Atem flog, und prustend schüttelten sie sich den Winter aus den Gliedern.

Sarah ging das Herz auf bei diesem Anblick. Was für ein Geburtstagsmorgen!

Lächelnd lehnte sie sich an den Stall und schickte eine SMS an Leonie und Anna:

> hi leo hi anna ich habe einen blauen falteimer bekommen wisst ihr was das heißt??? bin im stall kommt her bringt tee und notarzt mit ich drehe nämlich durch vor freude lg sarah

3. Kapitel

Geh auf die andere Seite von Nestor. Auf die rechte«, rief Leonie vom Ende der Straße, wo sie wartend neben Leikna in der ersten Maisonne stand. »Es heißt doch, bei Problemen soll man zwischen Pferd und Hindernis gehen.«

Sarah hatte alle Hände voll zu tun, um Nestor ruhig zu halten, der am Führstrick neben ihr herumhibbelte. Leo hatte es bereits geschafft, ihr Pferd an dem geparkten Möbelwagen vorbeizuführen. Bei jeder Gelegenheit trainierten sie Ausnahmesituationen, die beim Wanderritt auftauchen konnten.

Mit dem Ärmel wischte Sarah sich den Schweiß von der Stirn. Immer war es Nestor, der auffiel. Angst flackerte in seinen Augen. Als stünde kein grauer Lastwagen vor ihm, sondern ein gefährliches Wolfsrudel.

»Guck doch, dort drüben wartet deine Freundin Leikna. Komm.« Entschlossen führte Sarah ihren Haflinger einen Schritt vorwärts – und er folgte ihr. Zäh zwar, aber er kam tatsächlich mit. Sarahs Herz schlug schneller. Hoffnung glimmte auf. Wurde sie für Nestor langsam das Leittier, dem er vertrauensvoll folgte? Doch da wieherte Miro vom nahen Paddock – und aus war es mit Sarahs Optimismus. Blitzschnell drehte Nestor um, stieß ein Antwortwiehern aus und drängte zum Stall. Der Herdenchef rief!

»Nestor! So geht das nicht, du darfst nicht entscheiden, wo es langgeht. Beim Wanderritt müssen wir auch alle gemeinsam dem Weg folgen und überall vorbeikommen.« Sarah hatte Mühe, den Führstrick in der Hand zu behalten, so sehr zerrte Nestor am Seil. Beruhigend tätschelte sie seinen Hals.

Im selben Augenblick wusste sie, dass sie einen Fehler gemacht hatte, und stöhnte verzweifelt. Sie hatte Nestor im falschen Moment getätschelt – nämlich als er am Seil zog. Wahrscheinlich verstand er daraus: »Sarah will, dass ich zum Stall renne, sobald Miro wiehert. Auf keinen Fall soll ich am Lastwagen vorbeigehen.«

Wofür hatte Leos Mutter ihr die vielen wertvollen Tipps gegeben? Als Tierpflegerin betreute sie im Zoo Fluchttiere. Zebras und Antilopen. »Pferde verbinden Lob, Leckerli und Streicheln ausschließlich mit der allerletzten Aktion«, hatte sie Sarah eingeschärft. »Was länger als zwei oder drei Sekunden vorbei ist, hat für sie nichts mehr mit der Belohnung zu tun. Man kann Pferden regelrecht etwas Falsches anerziehen, wenn man zur falschen Zeit lobt.«

Miro gab jetzt Ruhe und Sarah versuchte es noch einmal. Sie tauchte unter Nestors Hals durch auf seine rechte Seite, senkte die Schultern und führte ihn mit lose hängendem Strick zurück zum Möbelwagen.

Auch wenn das jetzt nicht klappt – wir haben trotzdem schon allerhand bewältigt, dachte Sarah. In den vergangenen sechs Wochen nach ihrem Geburtstag hatten sie unermüdlich für den Wanderritt geübt. Jede Gelegenheit nutzten die Mädchen, um ihre Pferde straßensicher zu machen. Locker konnten sie inzwischen an Kinderwagen mit weinenden Babys vorbeireiten, an dröhnenden Traktoren, klingelnden Fahrrädern und an Autos mit Surfbrettern auf dem Dach.

Von Woche zu Woche wurde Nestor sicherer. Sogar auf Gullydeckel, die er früher schreckhaft übersprungen hatte, setzte er jetzt seine Hufe. Und dass schwarze Schatten nur Schatten wa-

ren und keine furchterregenden Löcher im Boden, das schien er auch verstanden zu haben.
Jetzt, als Sarah direkt neben dem Möbelwagen ging, folgte Nestor ihr besser. Auch wenn er die ganze Zeit den Kopf hochnahm. Als Nestor schließlich den langen Laster hinter sich gelassen hatte, hastete er zu Leikna. Schnaubend steckten die Pferde ihre Nasen zusammen.
Sarah strahlte und ließ den Strick lang. »Das hättest du nicht gedacht, Leo, gib es zu.«
Leonie gab ihr einen Knuff. »Echt gut. Jetzt zurück. Sobald Anna kommt, reiten wir aus. Wieder am Möbelwagen vorbei. Wir nehmen Nestor in die Mitte, dann geht's schon. Heute 15 Kilometer Schritt.«
Mit Tierärztin Ehrmann und Annas Schwester Karolin hatte das Trio einen Trainingsplan entwickelt, den alle peinlich genau einhielten.

Mitte Mai trafen sich die Mädchen im Stall, um die wichtigste Entscheidung zu treffen: Sie wollten die endgültige Strecke für den Wanderritt festlegen und Karolin war mit von der Partie.
Weil der Tag so warm war, brachten sie alle Unterlagen zu ihrer kleinen Sitzecke in den Innenhof: Prospekte, Broschüren und Telefonlisten, Blocks, Handys, Lineal, Zirkel, Taschenrechner. Leo pinnte die Landkarte an die Stallwand neben der Bank.
»300 bis 350 Kilometer können wir insgesamt schaffen«, sagte Sarah, während sie gemeinsam mit Karolin die Karte studierte. »Nach jeder Tagesetappe brauchen wir eine Unterkunft. Aber richtige Reiterpensionen können wir uns natürlich nicht leisten.«

Karolin lachte. »Dafür hatte ich auch nie Geld. Wir haben damals oft bei Bauern geschlafen. Im Heu. Oder in Scheunen. Ganz kostenlos. Die Pferde durften nachts auf die Weide und sich satt fressen.«
Leo mischte sich ein. »Und die Bauern nehmen wirklich kein Geld dafür? Das ist alles umsonst?«
Karolin nickte. »Ja, stell dir vor. Meistens verlangen sie nur, dass man die Pferdeäpfel von der Weide absammelt. Aber das ist ja normal.«
Leonies Mutter hatte Adressen von Biobauern besorgt, außerdem besaßen sie Prospekte der gesamten Region zwischen Osnabrück, Dümmersee, Nienburg und Bremen. Eine romantische Landschaft mit Wiesen, Kornfeldern und Mooren.
Freudig aufgekratzt hockten sie über den Unterlagen und bald rauchten ihnen die Köpfe. »Eine knifflige Angelegenheit«, stellte Sarah fest. »Was man da alles bedenken muss!«
Anna nickte. »Für Wanderreiter gibt es in dieser Gegend entschieden zu viel Wasser.«
Ihre Schwester stimmte sofort zu. »Ja, ich kann mich erinnern, dass wir manchmal stundenlang nach einer Brücke gesucht haben. Bei meiner ersten Tour war ich ganz schön blauäugig und unbedacht. Guckt euch die Karten genau an. Besser, ihr wisst vorher, wo ihr gar nicht reiten könnt.«
Irgendwo musste man die Wasserläufe schließlich überqueren, selbst den schmalsten Bach. Wo gab es Brücken? Welche waren reine Autoübergänge und welche waren auch für Pferde geeignet? Dann die Bahnstrecke Osnabrück-Bremen, ebenfalls ein massives Hindernis.
»Straßentunnel können wir vergessen«, verkündete Sarah. »Auf-

lage meiner Eltern. Die sehen mich schon zerquetscht an einer Tunnelwand, wenn Nestor in so einer Röhre von Autos abgedrängt wird. Die Vorstellung ... wir mit den Pferden im Tunnel und über uns donnert ein Intercity ... nein, danke, muss ich nicht haben.«

Wieder machte sich Karolins Erfahrung bezahlt. »Das ist wirklich zu riskant. Aber in eurer Reitregion gibt es jede Menge schmale Eisenbahnbrücken, die von Feldwegen abzweigen. Angelegt sind sie für Landwirte. Die Bauern müssen ja irgendwie zu ihren Feldern gelangen. Das sind einspurige Bahnübergänge. Kein Verkehr. Höchstens mal ein Traktor. Ideal für euch.«

Nach einigen Stunden intensiver Planung stand fest: Eine klare, gerade Strecke konnten sie nicht reiten, weil sie ständig auf Brücken, Bundesstraßen und Bahngleise Rücksicht nehmen mussten. Schließlich hielt Sarah die Streckenzeichnung hoch – ein bizarres Zickzackmuster.

»25 bis 35 Kilometer pro Tag«, sagte sie zufrieden. »Das schaffen wir leicht, ohne die Pferde zu überfordern. Außerdem bleibt uns genügend Zeit für schöne Picknicks.«

Es wurden zehn statt acht Tage, anders war die Strecke nicht in den Griff zu bekommen. Nach einem Rundruf bei ihren Eltern bekamen sie die Erlaubnis für die zweitägige Verlängerung. Leonie und Anna übernahmen die Aufgabe, passende Stationen aus den Prospekten zu suchen. Infrage kamen nur Bauernhöfe mit Weiden, auf denen die Pferde sich satt fressen konnten. Die Landwirte mussten also Rinder, Milchkühe, Kälber oder Schafe halten, was die Auswahl beträchtlich einschränkte. Zum Glück erinnerte sich Karolin noch an einige Adressen, wo Wanderreiter und ihre Pferde willkommen waren.

Die Vorbestellung klappte dann auch problemloser, als sie befürchtet hatten. Die Bauern, wortkarg wie die meisten Leute in dieser Gegend, fragten nur kurz: »Wann? Ja, das geht.«
Nur Galloway-Züchter Hein Sander, bei dem sie ganz zum Ende der Tour ein Quartier brauchten, hatte Bedenken. »Wann kommt ihr? Freitags? Dann ist Polterabend auf unserem Hof. Meine Tochter heiratet am nächsten Tag. Freitags werden die Hochzeitsgirlanden aufgehängt. Schwer was los. Die Feier dauert ungefähr drei oder vier Stunden. Wenn euch allerdings der Lärm nicht stört . . .«
Nein, er störte nicht, schon deswegen nicht, weil das nächste Gehöft zu weit abseits lag. Außerdem: »Eine Braut bringt Glück«, sagte Sarah. »Da müssen wir unbedingt hin.«
Leonie zeichnete die Strecken sehr präzise in die Straßenkarte ein, eine stark vergrößerte Fotokopie, auf der jeder Feldweg zu erkennen war. Sorgfältig schnitt sie die jeweilige Tagesstrecke aus und steckte sie in eine Klarsichthülle.
Eine weitere große Hürde war genommen. Voller Euphorie fieberten die Mädchen dem großen Abenteuer entgegen.

Knapp acht Wochen vor dem Start drohte der Wanderritt doch noch zu scheitern. Wieder war es Nestor, der Schwierigkeiten machte. Sarah verzweifelte schier.
Die Pferde sollten Hufeisen bekommen. Schmied Eddy hatte sich angekündigt. Bisher trug keins der Pferde Eisen. Das war auf den Waldböden rund um den Stall nicht nötig. Da der lange Wanderritt jedoch zum Teil über Asphalt führte, würden die Hufe ohne Schutz zu sehr abgenutzt werden.
Eddy kam mit seiner fahrbaren Werkstatt. Die Pferde kannten

den Schmied, weil er ihnen regelmäßig die Hufe ausschnitt und das Horn raspelte. Aber an diesem Tag musste er sein ganzes Arbeitsgerät auspacken, eine Aktion, die Nestor in höchste Aufregung versetzte, obwohl Sarah die ganze Zeit neben ihm stand und beruhigend auf ihn einredete. Die glänzenden Hufeisen-Rohlinge, die man durch die offene Hecktür im Transporter sah, der Amboss, die Gasflaschen und schließlich das Schmiedefeuer in der Esse – all das machte dem Pferd schwer zu schaffen.

Mit hochgerissenem Kopf tänzelte Nestor nervös auf der Stelle und schnaubte immer wieder angstvoll. Als dann noch Sonne auf die Hufeisen fiel, konnte Sarah ihn kaum mehr halten.

»Geh mit ihm eine Weile nach draußen, damit er sich beruhigt«, sagte Eddy. Tatsächlich half der Spaziergang, doch sobald Nestor in den Hof zurückkehrte und den Rauch wahrnahm, ging der Tanz von vorne los. »Vielleicht liegt es an dem Geruch von verbranntem Horn, der im Raum liegt«, überlegte Sarah. Bei Leikna waren bereits die Eisen angepasst worden.

Eddy hatte einen kräftigen Assistenten mitgebracht, doch kaum hob der Helfer Nestors linkes Vorderbein an, warf dieser entsetzt den Kopf hoch. In fünf Minuten zerriss er zwei Halfter. Der Beschlagversuch endete damit, dass Nestor den Schmied an der Wand entlang über den Hof zerrte. Mit bebenden Flanken stand der Haflinger am Tor, nass geschwitzt und hochgradig erregt. Sarahs beruhigende Worte nahm er überhaupt nicht wahr.

Genervt ließ Eddy von Nestor ab.

»Das wird heute nichts«, brummte er. »Wenn wir weitermachen, brennt sich dieser Tag als schreckliches Ereignis in seinem Kopf ein. Beim nächsten Beschlag dreht er dann womöglich total durch. Lasst euch ein Beruhigungsmittel geben. Ich versuche es dann morgen noch mal.«

Niedergeschlagen rief Sarah ihre Tierärztin an.

»Hilfe, Frau Ehrmann! Was machen wir bloß?«

Dr. Ehrmann ließ sich den Vorfall schildern. »Euer Schmied hat recht«, sagte sie. »Hufbeschlag darf sich nicht als Albtraum in Nestors Kopf verankern.« Sie versprach zu helfen.

Mit einem leichten Beruhigungsmittel im Blut war Nestor am Tag darauf wie ausgewechselt. Schläfrig döste er vor sich hin, während Sarah seinen Kopf hielt und die Augen abdeckte, damit er sich nicht wieder über blitzendes Eisen und Rauch aus der Esse aufregen musste.

War das alles, was Nestor durchmachen musste? Keineswegs! Nestor musste noch lernen, auf einen Hänger zu steigen. Bisher drehte er bei jedem Versuch kurz vor der Rampe ab und versuchte zu flüchten. Allein der Anblick des Hängers reichte und schon begann er zu tänzeln. Im besten Fall drückte er sich verspannt an dem Ungetüm auf Rädern vorbei.

»Dein Nestor ist sicher früher auf den Hänger geprügelt worden«, vermutete Leos Mutter. »So ein Schreck sitzt tief.«

Zum Üben parkte Sarahs Vater den Hänger, der normalerweise vor Sarahs Elternhaus stand, direkt an der Einzäunung des Stalls. Tagelang führte Sarah ihr Pferd nun am Hänger entlang. Morgens, mittags und abends. Nach jedem Rundgang gab es Leckerli und irgendwann brachte Sarah Nestor dazu, einen Huf auf die heruntergelassene Rampe zu setzen. Mehr nicht. Nur einen Huf. Dann durfte er zurück auf die Weide.

»Wenn eine es mit einem so schwierigen Pferd schafft, dann du«, sagte Leos Mutter. »Deine Geduld und Beharrlichkeit – einfach klasse. Willst du nicht später als Tierpflegerin im Zoo anfangen? Leute wie dich können wir gebrauchen.«

Sarah lachte. Das war Zukunftsmusik. Erst einmal drehte sich alles um Nestor. Noch stand das aktuelle Problem im Vordergrund: Geht Nestor jemals auf den Hänger? Wenn das nicht klappte, konnte Sarah den Wanderritt vergessen, denn vor dem Start mussten die Pferde verladen und über das Autobahnkreuz gebracht werden. Direkt vom Stall aus konnten sie nicht losreiten.

Täglich steigerte Sarah ihr Verlade-Programm. Einen Huf auf die Rampe setzen. Zwei Hufe. Vier Hufe. Einen Schritt aufwärts. Rückwärtsgehen.

Und dann, an einem stillen Juniabend, als Sarah ganz allein mit Nestor übte und eigentlich nicht geplant hatte, ihn bis nach oben zu führen, da schaffte sie es. Noch aus dem Stall tickerte sie die sensationelle Neuigkeit per SMS an Anna und Leo:

> jubel jubel jubel nestor stand soeben auf dem hänger!!! echt!!! oben vertilgte er möhren und ließ sich danach rückwärts wieder von der rampe führen jetzt hält uns nichts mehr auf love u sarah

Anfang Juli besorgten die Mädchen Packtaschen und probierten, das Gepäck an den Sätteln anzubringen und damit zu reiten. Sie schliefen probeweise in ihren neuen Schlafsäcken. Ließen die Sättel nacharbeiten, weil Nestor, Miro und Leikna durch das Training mehr Muskeln bekommen hatten.

Als der Beschlag zehn Tage vor dem Wanderritt fällig war, bekam Nestor vorher ein Beruhigungsmittel. So konnten die Rei-

se-Hufeisen ohne Probleme untergenagelt werden und die ganze Crew atmete erleichtert auf.
Am letzten Wochenende vor dem Start unternahmen die Mädchen einen ausgedehnten Ausritt mit langen Pausen. Alle drei Pferde machten einen topfitten Eindruck.
Durch das regelmäßige Training war Nestor erheblich entspannter geworden. Viele Situationen, die Sarahs verängstigtem Haflinger im Winter noch Furcht eingeflößt hatten, meisterte er inzwischen mit Leichtigkeit.

4. Kapitel

»Du nervst mit deinem ewigen Hin- und Hergelaufe.«
Vorwurfsvoll, sein zerdrücktes Kopfkissen unterm Arm, stand Paul in der Zimmertür. Gähnend blinzelte er Sarah an. »Ist ja noch nicht mal hell draußen.«
Sarah sah zu ihrem kleinen Bruder hinüber, während sie versuchte, die Sattelpacktaschen zu schließen. Nur das Allernötigste konnte sie mitnehmen. Der Kapuzenpulli flog zurück aufs Bett. »Mensch, Paul, es geht doch gleich los. Dann hast du über eine Woche Ruhe vor mir. Versprochen.«
»Mmm. Darf ich in deinem Zimmer schlafen?«
»Genehmigt. Aber den PC rührst du nicht an.«
Eine Kante von Sarahs Notizheft lugte aus der Packtasche. Mit spitzen Fingern stopfte sie es tiefer hinein. Als dabei eine Ecke einriss, zog Sarah das Heftchen hervor und steckte es in die Tasche ihrer Reithose. Das kleine Heft musste unbedingt mit. Als Tagebuch. War ohnehin besser, wenn sie es direkt bei sich trug, denn sie wollte unterwegs jede Kleinigkeit notieren.
Der letzte Clipverschluss an der Packtasche rastete ein.
»Rufst du mal an?«
»Logisch, Paul. Jeden Abend. Sonst würden Mama und Papa mich gar nicht losreiten lassen. Also, kapiert – nicht an den Compi.«
Verschlafen nickte Paul und drückte im Vorbeigehen seinen verstrubbelten Kopf an Sarahs Reitweste, ehe er in ihr Bett kroch.
Sarah hängte sich die prallen Taschen über die Schulter. Bevor

sie die Tür zuzog, strich sie leicht über das Haflinger-Foto an der Wand. »Wir werden ein tolles Team, Nestor«, flüsterte sie. Sie konnte kaum glauben, dass nun tatsächlich der ersehnte Julisamstag da war. Wie lang hatten sich die letzten Wochen hingezogen! Ob Nestor spürte, dass dies ein besonderer Morgen war? Neu? Aufregend? Würde er sie gleich mit gespitzten Ohren erwarten? Oder gar nichts merken? Spätestens heute Abend würde er sich wundern, wenn er sich mit Miro und Leikna auf einer fremden Weide wiederfand.
Sarah stieg die Treppe herunter und kletterte im Flur über Schlafsack und Isomatte. Alles im Haus roch nach großem Abenteuer. Was war sie aufgeregt!
»Echtes Western-Frühstück für unser Trekking-Girl.« Ihre Mutter empfing sie im Flur und zeigte auf den einladenden Tisch im Wintergarten. »Toast, Rührei, Schinken, geschmorte Tomaten.«
Sarah lachte und sog den Geruch von geröstetem Weißbrot ein. »Mama, so feierlich? Ich fahre doch nicht nach Amerika.«
Ihre Mutter drehte sich um und suchte nach einem Taschentuch. Sie weinte doch nicht etwa?
»Sind doch nur zehn Tage, Mama«, sagte Sarah fröhlich. Aber nach dem gemeinsamen Frühstück, als sie ihre Satteltaschen in den Kofferraum packte, musste auch Sarah schlucken. Ein bisschen Bammel bekam sie nun doch . . .
Sie winkte ihrer Mutter noch lange aus dem offenen Autofenster zu, bis ihr Vater in die Nebenstraße einbog. Glücklich lehnte Sarah sich im Beifahrersitz zurück. Sommerferien! Es ging los!
Strahlend kletterte die Sonne hinter dem Waldviertel empor, als Sarah vor dem Stall ausstieg. Die Bäume in den nahen Kleingärten waren voller Gezwitscher, Meisen turnten an den Zweig-

spitzen der Apfelbäume. Um Sarah herum duftete es nach wilden Heckenrosen und Sommergras.
Überwältigt streckte Sarah die Arme aus. »Oh Papa, ist das Leben nicht schön?«
Der Morgen des Wanderritts begann paradiesisch. Hell gleißte die Sonne auf dem Sandweg, und obwohl es noch nicht einmal sieben Uhr war, musste Sarah ihre Augen mit der Hand vor dem Licht schützen. Am Zaun stand der geparkte Pferdehänger, den hatte ihr Vater gestern Abend noch hierhergefahren. Das Tor zum Stall stand eine Handbreit auf. Leonie und Anna machten sich also bereits drinnen nützlich.
Sarah dirigierte ihren Vater durch eine aufwirbelnde Staubwolke zurück, bis sein Wagen vor der Deichsel des Hängers stand. »Etwas weiter links. Gut so, Papa.«
Warum lehnte da ein großes Stück Pappe direkt am Schutzblech vor den Hängerrädern? Wahrscheinlich schon wieder wilder Müll, echt bescheuert. Ihr Vater beugte sich aus dem offenen Autofenster und spähte nach hinten.
»Wenn du gesehen hättest, Papa, wie oft ich mit Nestor das Einsteigen über die Rampe geübt habe.« Sarah seufzte. »Furchtbar war das am Anfang.«
Die Pferde sollten gleich verladen und auf die andere Seite der Autobahn gebracht werden. Zuerst Miro allein, danach Nestor und Leikna gemeinsam. Miro würde mit Anna im Gelände auf die anderen warten. Der Freiberger Wallach war schon häufiger eine Zeit lang allein gewesen, ohne sich aufzuregen.
Laut pfeifend tauchte Anna mit einem prall gefüllten Netz im Tor auf. Sie steckte in frisch gewaschenen Reithosen. Sofort rannte Sarah auf ihre Freundin zu. »Es ist so wahnsinnig, dass

unser Wanderritt wirklich losgeht.« Sie fiel Anna um den Hals. »Ich freue mich wie verrückt.«
»Und ich erst. Die Pferde sind schon geputzt, auch Nestor. Hier«, ausgelassen schwenkte Anna das Netz, »frisches Heu für den Transport. Auch wenn die Fahrt nur eine Viertelstunde dauert.«
Anna ging zum Hänger und ließ summend die Laderampe herunter. Als die Heckklappe leicht auftickte, kippte die Pappe am Schutzblech um.
»Was ist das denn?«, schrie Anna. Wie von der Tarantel gestochen rannte sie mit Sarah an die Seitenwand des Hängers. Entsetzt starrten die beiden auf das Unterteil des grauen Gehäuses. Der Hänger ruhte auf einem Stapel Mauersteinen. Alle vier Räder fehlten. Abmontiert. Gestohlen. Offenbar sollte die angelehnte Pappe den Diebstahl eine Weile vertuschen.
»Das darf doch nicht wahr sein.« Sarahs Vater knallte die Autotür zu und schlug mit der Faust aufs Blechdach. »Ich habe den Hänger doch erst gestern Abend hier abgestellt.«
Sofort lief vor Sarahs innerem Auge ein ganzer Film ab. Kein Hänger, keine Autobahn-Überquerung, kein Wanderritt. Vor Aufregung brach ihr der Schweiß aus. Endete das Abenteuer, bevor es anfing?
»Leo, komm schnell«, rief Sarah mit bebender Stimme über den Zaun.
Leos klaren Kopf brauchte sie jetzt. Leo war so cool. Dachte immer logisch. In Mathe und Physik brachte sie nie etwas Schlechteres als eine Zwei nach Hause.
»Mist«, sagte Leo nur mit finsterer Miene, als sie die Bescherung sah. »Und das an unserem schönsten Tag.«

Ohne weiter über den Räder-Dieb zu schimpfen, ordnete Leo an: »Alle Handys rausholen. Rundrufe starten und simsen. Irgendwo wird es doch einen Ersatzhänger für uns geben.«

In ihrem Gehirn müssen die Drähte anders verbunden sein als in meinem, dachte Sarah, Leo weiß immer sofort, was zu tun ist. »Du hast recht«, sagte Sarah. »Aber erst muss ich zu Nestor, ich habe ihn ja noch gar nicht begrüßt.«

Gut, dass niemand sehen konnte, wie es in ihrem Nacken kribbelte. Bloß nicht zeigen, wie nervös sie war. Nestor und ein unbekannter Hänger, das fehlte noch! Garantiert würde er sich aufregen. Sarah fühlte sich schrecklich unbehaglich, als sie über den Hof zu den Anbindepfosten lief, wo alle drei Pferde blank geputzt nebeneinander dösten.

Augenblicklich war Sarahs Ärger wie weggeblasen. Wann immer Nestors Augen sie aufmerksam anblickten, schlug ihr Herz höher. Liebevoll schlang sie die Arme um seinen Hals. »Du steigst doch auf einen fremden Hänger? Tu es für mich, Nestor.«

Der Haflinger schwenkte den Kopf zur Seite, schüttelte die helle Mähne zurecht und musterte Sarah aus dunklen Augen, die nicht verrieten, was er dachte. Immer war da dieser Rest Vorsicht in seinem Blick. Dieser Anflug von furchtsamem Misstrauen.

Sarah seufzte, drückte ihm einen Kuss auf die Nase und kehrte auf die Straße zurück.

»Bei Sophia habe ich es schon versucht«, wurde sie von Anna empfangen, »die geht heute auf ein Turnier. Ronja auch. Bleibt noch Gina. Hast du ihre Nummer gespeichert?«

»Habe ich.«

Eilig gab Sarah die Nummer ein und tippelte von einem Bein auf das andere. Als sich niemand meldete, schickte sie Gina eine SMS:

hilfe gina unserer wanderritt ist in gefahr hängerkatastrophe! unserer ist demoliert!!! leiht uns dein vater seinen? nur für eine stunde sarah (von nestor)

Postwendend kam eine Antwort, mit der Sarah nicht gerechnet hatte:

wir sind mit hänger auf dem weg nach italien ewig sorry drücke die daumen für euren ritt tschaui gina

So ging es SMS für SMS, Anruf für Anruf. Seltsam: Wer einen Hänger besaß, war an diesem Samstag zu Turnieren unterwegs oder auf dem Weg in die Ferien.

Es war zum Verrücktwerden. Die Zeit flog nur so davon. Alle paar Minuten warf Sarah einen verzweifelten Blick auf die Uhr.

»Wenn wir nicht bald wegkommen, schaffen wir unsere Strecke nie«, stöhnte Leo um zehn Uhr. »Das Verladen wird sich hinziehen, weil unsere Pferde den Hänger nicht kennen.«

Sarahs Vater rief die Polizei an. »Das dauert, bis die kommen«, sagte er. »Ist viel los auf der Wache, die haben erst in ein paar Stunden Zeit.«

Anna zückte ihre Reisekamera und schoss ein Foto von dem armselig aussehenden Hänger. »Das erste Foto vom Wanderritt«, sagte sie grimmig. »Schöner Anfang. Aber es kann nur besser werden.«

Leo grübelte und wälzte ihr dünnes Adressbuch. Plötzlich ließ sie das Heft abrupt sinken. »Der Isländer Hof hinter Osna-

brück«, rief sie, »ihr wisst schon, wo Leikna herstammt. Die haben einen großen Transporter. Einen richtigen Lastwagen für vier Pferde.«
»Was sagst du?« Sarah packte Leo bei den Schultern und schüttelte sie. »Ein Transporter! Die haben flache Laderampen, da geht Nestor bestimmt rauf.«
Leo nickte und zog ihr Handy hervor, das sie nach den ersten Fehlschlägen wieder eingesteckt hatte. »Die Tochter kenne ich noch ganz gut. Marlene. Die war damals bei der Ausbildung von Leikna dabei.«
Leo verzog sich mit dem Handy hinter den Holzzaun. Fünf Minuten später drang ein triumphierender Schrei über die Latten.
»Gewonnen!« Leonie flitzte um die Ecke. Ihre grünen Katzenaugen blitzten. »Der Transporter kommt. Der Züchter schickt seinen Nachbarn als Fahrer, er selber musste weg.«
Mit einem Seufzer fiel Sarah ihrer Freundin um den Hals. »Danke. Nun klappt der Start doch noch wie geplant.«
Leo nickte. »Jetzt lasst uns erst mal die Pferde auf die Weide bringen, die stehen sich ja im Hof die Beine in den Bauch.«
Sarah tastete nach ihrem Tagebuchheftchen in der Hosentasche. Dass sie gleich heute etwas Dramatisches notieren musste, hatte sie sich auch nicht träumen lassen.

5. Kapitel

1. Tag, Samstag.
... sprachlos musste ich mit ansehen, wie Nestor sich mit meinem Bruder ganz ohne Theater vorwärtsbewegte. Einfach so. Es war so demütigend!

Nach dem Schreck in der Morgenstunde fieberte die Reitertruppe ihrem Start entgegen. Während die Mädchen auf den Transporter warteten, machte Sarah sich im Stall nützlich, wo sie Stricke und Strohbänder aufräumte.
Ihr kleiner Bruder schickte eine SMS:

> papa hat angerufen dass der hänger keine beine mehr hat mama will euch nicht verhungern lassen ich bringe gleich futter

Kurz darauf tauchte Paul im lila-weißen Trikot seiner Fußballmannschaft auf. »Brötchen«, sagte er und wuchtete den Korb voller gelber und blauer Plastikboxen vom Gepäckträger. »Äpfel und Bananen und Milch.«
»Oh prima«, sagte Anna erfreut und griff gleich zu. »Kalorien kann ich immer gebrauchen.«
Das zweite Frühstück lenkte einen Moment von der angespannten Lage ab, aber danach war es mit Sarahs Ruhe endgültig aus. Wie ein aufgescheuchtes Huhn lief sie auf und ab. Immerzu schwirrte ihr Nestors Verladeangst durch den Kopf. Hoffentlich ging alles gut mit dem unbekannten Transporter.
Eine gute Stunde dauerte es, bis Motorengeräusch von der Straße drang.

»Das ist er«, rief Sarah wie elektrisiert und schoss zur Kreuzung. Mit erhobenen Armen dirigierte sie den weißen Lastwagen in den schmalen Sandweg bis vor den Stall. Der Fahrer, ein bulliger älterer Mann, ließ das Seitenfenster herunter und rangierte in einer Staubwolke vor und zurück. Es war mühselig auf dem engen Pfad. Schließlich stand der Wagen vor dem Hoftor, der Staub verflüchtigte sich und der Fahrer sprang aus dem Führerhaus.

»Das Verladen müsst ihr selber machen«, sagte er in die Runde. »Ich habe wenig Ahnung von Pferden.«

Sarah winkte ab. »Kein Problem«, sagte sie laut, aber im Stillen dachte sie: Kein Problem? Wenn es nur so wäre!

Sie holten die Pferde von der Weide, während Sarahs Vater Sättel und Zaumzeug im Transporter verstaute.

»Nestor verladen wir zuletzt«, schlug Sarah vor. »Wenn Leikna und Miro oben stehen, geht er hoffentlich hinterher.«

Leonie führte ihre Isländer Stute ohne anzuhalten in ein gepolstertes Abteil auf dem Transporter. Miro folgte. Perfekt.

Nun Nestor. Mit Riesenherzklopfen ging Sarah neben ihrem Pferd auf die Rampe zu. Nestor setzte einen Huf darauf und blieb sichernd stehen. Die fremde Verladefläche irritierte ihn einfach.

»Gut. Jetzt das zweite Bein, Nestor«, ermunterte Sarah ihn, »oben warten deine Freunde.«

Doch sie hatte den Satz noch nicht beendet, da zog Nestor schon den Huf zurück. Seine Ohren waren starr nach vorn gerichtet.

Energisch zupfte Sarah am Seil. Zweiter Versuch. Mit einem Satz sprang Nestor zurück auf den Weg und warf den Kopf

hoch. Gellend wieherte er nach seinen Freunden. Miro wieherte aus dem Lastwagen zurück.
»Komm, Junge.« Sarah versuchte, ihre Stimme ruhig klingen zu lassen, doch mit den feinen Antennen eines Fluchttieres schien Nestor ihre Nervosität zu spüren. Dreimal sprang er von der Rampe zurück. Sein Schweif stand hoch wie eine Fahne. Dunkle Schweißflecken zeichneten sich auf seinem Fell ab.
Und die Zeit lief und lief . . .
»Es ist der aufblitzende Lack«, rief Anna auf einmal. »Genau!« Sie wandte sich an den Fahrer, der die Verladeaktion mit gerunzelter Stirn beobachtete. »Würden Sie Ihren Transporter dort drüben in den Schatten stellen?«
Der massige Mann stemmte die Arme in die Seiten. »Du bist ja ein Schätzchen. Wie soll ich denn hier wenden? Der Weg ist ja nicht breiter als ein Handtuch. Bin froh, dass ich überhaupt reingekommen bin.«
Sarah war den Tränen nahe. Die erste Hürde – und schon scheiterte Nestor daran. Warum wurde ihm auch alles so schwer gemacht? Weshalb konnte gar nichts glattgehen? Er bekam einfach keine reelle Chance. Sarah haderte mit ihrem Schicksal. Wenn es mit dem Verladen nicht bald klappt, fällt unser Start ins Wasser, dachte sie verzweifelt. Und ich bin schuld.
Wieder und wieder drehte sie mit Nestor ihre Runden, änderte die Richtung, um ihn dann von einem anderen Blickwinkel an die Rampe zu führen. Je stärker der Haflinger Sarahs nervöses Bemühen spürte, umso furchtsamer stemmte er seine Hufe in den Sandweg. Und Sarah wusste insgeheim: Ich schaffe es nicht. Eigentlich traue ich es mir nämlich gar nicht zu, Nestor auf einen fremden Hänger zu führen. Und das merkt er genau.

Aber was sollte sie tun?
Schließlich übernahm Leonie Nestor und versuchte es. Ohne Erfolg. Danach Anna. Nichts.
»Nestor kennt uns viel zu gut«, sagte Anna bekümmert. »Irgendwie sind wir alle angespannt. Er spürt instinktiv, dass wir ihn unbedingt nach oben zerren wollen. Das behagt ihm nicht. Er misstraut auch dem Lack. Seht mal, wie die Fahrertür glänzt.«
Leo lief in den Stall und kehrte mit zwei blauen Pferdedecken zurück, die sie mit Annas Hilfe in der Tür festklemmte.
Der Fahrer schüttelte den Kopf, fluchte leise vor sich hin und verschwand.
Nestor beäugte die Aktion aufmerksam. Tatsächlich ließ er sich, als das Blinken aufhörte, von Sarah noch einmal zum Hänger führen und machte sogar Anstalten, nach oben zu gehen.
Da tauchte plötzlich der Fahrer oben im Transporter auf und winkte mit beiden Armen. »Nun mal zu!«, rief er. »Ich habe nicht ewig Zeit.«
Frontal stand der bullige Mann Nestor gegenüber und starrte ihn vom Ende der Rampe an.
Angstvoll klemmte Nestor den Schweif ein und ging rückwärts.
»Oh nein«, stöhnte Sarah. »Das war jetzt völlig verkehrt.«
»Wieso denn?«, verteidigte sich der Fahrer und stieg verärgert von der Rampe. »Ich wollte doch nur helfen.«
Bleib ruhig, sagte Sarah sich. Dabei kochte sie innerlich.
»Nur Raubtiere starren Pferde direkt von vorn an«, sagte sie mit mühsamer Beherrschung, während sie mit ihrem Pferd auf und ab ging. »Nestor hat sich von ihnen massiv bedroht gefühlt.«
Alles hatte dieser Typ kaputt gemacht. Wo sie vorhin sooo nahe dran war . . .

Sarahs Vater, der einiges von der Verlade-Katastrophe mitbekommen hatte, sah sorgenvoll aus. »Ich weiß nicht, ob der Wanderritt eine gute Idee ist. Mir dreht sich der Magen um, wenn ich mir vorstelle, ihr kommt unterwegs in brenzlige Situationen.«

Sofort sprang Leo ein. »Keine Aufregung, Herr Rathmann. Das blöde Verladen ist eben Nestors Schwachstelle. Wer weiß, wie oft sie ihn früher die Rampe hochgeprügelt haben. Das sitzt tief. Im Straßenverkehr ist Nestor wirklich sicher. Sonst hätten meine Eltern mich niemals mitreiten lassen.«

»Wieso gebt ihr Nestor nicht einfach ein Beruhigungsmittel?«, brummte Herr Rathmann. »Dann schont ihr seine Nerven. Und meine auch. Fragt doch eure Tierärztin.«

Tierärztin Ehrmann! Das war es! Mit einer Hand tippte Sarah ihre Nummer ein. »Ich frage sie nach dem Beruhigungsmittel, das sie Nestor beim Schmied gegeben hat«, sagte sie zu Anna und Leonie. »Hoffentlich arbeitet sie am Wochenende.«

Frau Ehrmann hatte Dienst. Sie meldete sich sofort und Sarah schilderte die Lage.

»Ach, das ist jetzt aber wirklich eine furchtbare Situation«, sagte Dr. Ehrmann. »Wo du dich so angestrengt hast mit Nestor. Aber, Sarah, so leid es mir tut – ich fürchte, ich kann euch im Moment nicht helfen. Beruhigungsmittel kurz vorm Verladen sind problematisch. Manchen Pferden knicken vor Müdigkeit die Beine weg und sie kommen im Hänger nicht mehr hoch. Du willst doch nicht, dass Nestor sich die Beine bricht.«

»Um Himmels willen . . .«

»Außerdem könntest du mit einem ruhiggestellten Pferd nicht reiten. Nestor bräuchte Stunden, um fit zu werden. Lasst es jemanden mit dem Verladen versuchen, den Nestor kaum kennt. Der ganz locker ist. Manchmal wirkt das Wunder. Viel Glück, Sarah. Bin gerade bei einem Kolikpferd. Sorry, Mädchen, hab deshalb leider wenig Zeit.«

Mit hängenden Schultern steckte Sarah das Telefon ein und erzählte den anderen, was Frau Dr. Ehrmann gesagt hatte. »Es geht also nicht. Und nun?«

Leonie kratzte sich am Kopf. »Klar ist, dass wir die erste Etappe nicht mehr schaffen. Was haltet ihr davon«, überlegte sie laut, »wenn wir auf dem Isländer Hof übernachten, falls das mit dem Verladen heute noch klappt? Ist zwar nicht ganz unsere Strecke, aber die ändern wir einfach. Wir kontakten sämtliche gebuchten Bauern und verschieben unsere Übernachtungen um einen Tag.«

Anna quiekte auf. »Bist du verrückt? Wofür haben wir wochenlang an der optimalen Strecke getüftelt?«

»Hilft nichts, Anna.« Leo hob die Arme. »Wir kommen heute nicht mehr bis zu unserm gebuchten Hof. Willst du die Nacht auf dem Dümmersee verbringen? Miro im Segelboot, ha, ha.«

»Sehr witzig«, sagte Anna, »aber du hast recht.«

Sarah nickte. Der Rat von Dr. Ehrmann ging ihr durch den Kopf – *lasst es jemanden versuchen, den Nestor kaum kennt.* Aber wen?

Auf einem Bein hüpfte Paul herbei.

»Nestor ist ja immer noch nicht drin.« Mit einem frechen Grinsen schoss er einen Stein aus dem Weg und langte nach Sarahs Führstrick. »Gibt mal her, soll ich ihn hochbringen?«

»Bitte???«

»Mann, Auswechselspieler sind immer *der* Joker.«

»Paul, du bist neun und hast keine Ahnung von Pferden!«
»Na und?«
Sarah war derart frustriert, dass ihr alles recht war. Und so ließ sie den Strick los, als Paul fordernd danach griff. Unbekümmert schlenderte das lila-weiße Trikot mit dem Pferd auf den Transporter zu.
Mit großen Augen stand Sarah abseits. Ihr blieb die Luft weg. Ganz locker führte Paul ihr Pferd über die Rampe nach oben. Wie sehr hatte sie in all den Monaten um Nestors Freundschaft gerungen, um sein Vertrauen – und nun kam ihr kleiner Bruder daher . . .
Sarah fühlte Annas Blick auf sich. Kläglich verzog sie das Gesicht. Spontan nahm Anna sie in den Arm. »Wehe, wenn du dir das jetzt zu Herzen nimmst, Sarah! Sei froh, dass Nestor endlich oben ist. Dr. Ehrmann hat doch vorausgesagt, es geht mit einem völlig Unbeteiligten besser.«
Ach ja, Frau Dr. Ehrmann . . .
»Ich sage ihr fix Bescheid, dass ihr Tipp Gold wert war.«
Der Fahrer verriegelte alle Türen.
»Nichts wie weg«, sagte Leonie und schlug Sarah auf die Schulter. »Ich fahre auf dem Transporter mit. Einer muss ja den Fahrer besänftigen. Der ist stinksauer, seit du ihn als Raubtier bezeichnet hast.«

Auf den Straßen herrschte starker Verkehr, die Ferien begannen. Trotzdem gerieten sie in keinen Stau und erreichten eine halbe Stunde später den Isländer Hof, ein altes Anwesen mit niedrigen schwarz-weißen Fachwerkhäusern und Stallungen, die sich wie ein Viereck um den weitläufigen Hof gruppierten.

Ein schmales, rothaariges Mädchen wartete am Eingangstor und lief neben dem Transporter auf den Hof, während Sarahs Vater zwischen Silageballen und Anhängern einen Parkplatz suchte.
»Das ist sicher Marlene«, sagte Anna über Sarahs Sitz gebeugt. »Guck mal, die lädt unsere beiden Pferde gleich zusammen aus.« Sarah und Anna machten, dass sie aus dem Auto kamen und rannten zum Transporter, wo das rothaarige Mädchen Sarah fragend die Stricke von Nestor und Miro hinhielt.
»Welcher ist deiner? Ich bin Marlene.«
»Der Haflinger.« Sarah griff nach Nestors Strick.
Die ganze Zeit im Auto hatte Sarah noch an Pauls Erfolg zu knacken gehabt, aber ihre niedergeschlagene Stimmung verflog sofort, als Nestor ihr jetzt mit freundlich nach vorn gerichteten Ohren entgegenkam.
»Wir haben drüben hinterm Stall ein Stück Koppel abgezäunt.« Marlene deutete auf den Durchgang, in den Leonie soeben mit Leikna entschwand. »Klasse, dass ihr hier übernachtet.«
Herr Rathmann umarmte Sarah zum Abschied und sie merkte genau, dass er sie nur ungern zurückließ.
»Wenn das schon so anfängt mit Nestor . . . vorhin beim Verladen . . . ich habe gar kein gutes Gefühl.« Er sah Sarah ernst an. »Wir holen euch jederzeit ab, wenn es nicht geht. Falls es brenzlig wird mit Nestor. Geh bitte kein Risiko ein, hörst du?«
Sarah verdrehte die Augen. »Ach was, Papa. Jetzt wird ja nur noch geritten. Das klappt schon. Wenn man Nestor nicht gerade auf einen fremden Hänger zwingen will . . .«
Zögernd wandte ihr Vater sich zum Gehen. »Schon gut, Sarah, ich hab ja begriffen, wie wichtig euer Ritt für Nestor ist. Tja,

dann bin ich hier wohl überflüssig. Denk dran: jeden Abend anrufen.« Er seufzte und verzog das Gesicht zu einem angestrengten Grinsen. »Hals- und Hufbruch.«
»Papa! Mal den Teufel nicht an die Wand«, rief Sarah zurück und schmiegte sich an Nestor. Was war sie glücklich, dass die erste Etappe geschafft war. Wenn auch mit Hindernissen.
Von jetzt an gab es nur noch reiten, reiten, reiten.

6. Kapitel

2. Tag, Sonntag.
Auf einmal konnte ich meinen Kopf nicht mehr bewegen. Meine Nackenmuskeln, die haben einfach nicht mehr mitgespielt. Schrecklich. Immer wieder passiert mir das, wenn ich mich aufrege …

»Nimmst du die Banane nicht mit, Leo?«
Feixend stieß Sarah ihre Freundin in die Seite, die kurz vor dem Abmarsch vom Isländer Hof ihre Ausrüstung musterte.
»Teufel auch! Der Sattel kam mir doch gleich so leer vor.«
Leo drückte Sarah ihre Zügel in die Hand. »Hältst du Leikna mal?«
Mit wehenden Haaren fegte Leo ins alte Bauernhaus und kehrte mit einer langen Packtasche in Form einer Banane zu den Pferden zurück, die fix und fertig gesattelt auf dem Hof standen. Leo klickte die Karabinerhaken in Leiknas Sattel-Ösen.
»Lasst bloß nichts liegen«, tönte es von Miros Rücken. Anna saß bereits oben und zog den Sattelgurt nach. »Jeder muss sich genau merken, wie viele Teile er hat. Stellt euch mal vor, wir checken nach zwanzig Kilometern, dass wir etwas vergessen haben und müssen die ganze Strecke zurückreiten.«
»Bloß nicht«, murmelte Sarah abwesend. Sie war damit beschäftigt, die Zeichnung zu studieren, die Marlene vom neuen Streckenabschnitt angefertigt hatte.
»Fast fünfzehn Kilometer müssen wir durch die Pampa reiten, bevor wir auf der richtigen Strecke landen«, sagte Sarah. »Hof-

fentlich finden wir den Weg. Unsere eigenen Karten sind natürlich genauer.« Sie reichte Leonie das Blatt Papier, bevor sie sich in Nestors Sattel schwang. »Zum Glück bist *du* als Erste mit Kartenlesen dran.«

Ordentlich bepackt, Isomatten und Schlafsäcke hinterm Sattel verstaut, Packtaschen an beiden Seiten hängend, verließen sie den Isländer Hof.

Das Gehöft lag auf einer Anhöhe, von der man weit ins Land sehen konnte. Sarah drehte sich im Sattel um und zeigte auf die helle Fläche am Horizont.

»Ist das der Dümmersee?«

»Könnte ich schwören«, meinte Leonie nach einem ausführlichen Blick auf die Zeichnung, die sie dann in die Kartentasche am Sattel steckte. Sie trieb Leikna leicht an und übernahm die Führung. »Jedenfalls wissen wir genau, in welche Richtung wir reiten müssen.«

Ein ganzes Stück führte ihr heutiger Weg am See entlang, bevor es später ins Hinterland ging, wo sie auf einem abgelegenen Bauernhof im leeren Kälberstall schlafen durften.

Der feste Trampelpfad aus Gras, auf dem sie hintereinander ritten, führte leicht abwärts. Neben ihnen wogte reifes Korn, endlose Felder mit hohen Grasbüscheln am Rand und wild wuchernden Margeriten.

Eine Pferdelänge vor Nestor ging Leikna. Ihr Schweif pendelte locker im Rhythmus der Bewegung. Weich und warm prickelte Morgensonne auf Sarahs Schultern. Ein dünnes Top war alles, was sie zur Reithose trug. Sie schielte auf ihre Arme. Ob sie heute schon braun wurde?

»Am liebsten würde ich die Kappe runterreißen und mir den

Wind durch die Haare wehen lassen«, rief sie Leo zu und ihre Freundin grinste über die Schulter nach hinten.

»Ich auch. Aber ich habe Mama hoch und heilig versprochen . . .«

»Genau wie ich«, seufzte Anna. »Nie ohne Reithelm.«

Schon nach kurzer Zeit redete niemand mehr. Die feierliche Stille der Landschaft zwang sie dazu, den Mund zu halten. Auch die Pferde schienen die Stille zu genießen. Aufmerksam schritten sie hintereinander, Nestor mit Sarah in der Mitte. Ab und zu flogen Vögel aus dem Getreide auf und schraubten sich trillernd und zwitschernd empor. Hummeln summten in der Luft.

Nach einigen Kilometern machte der Weg eine scharfe Biegung und sie ritten durch flache Bachtäler, wo der Pfad scharf an abschüssigen Uferkanten entlangführte.

»Verdammt schmal hier«, rief Anna von hinten, »ich bin froh, dass Miro so trittsicher ist.«

Ein kleines dunkles Forstgebiet tat sich vor ihnen auf, das Marlene als Reitstrecke eingezeichnet hatte. Sie tauchten in den Wald ein und Sarah blinzelte ein paarmal, um sich an den plötzlichen Wechsel von blendender Helligkeit zu sanfter Dämmerung zu gewöhnen. Sonnenstreifen fielen schräg durch die Bäume auf den Waldboden. Vor jedem Lichtstrahl streckte Nestor den Kopf nach vorn, schien sich zu vergewissern, dass es sich bei den Streifen nicht um ein Hindernis handelte.

Zwei Frauen joggten auf einem Nebenweg und winkten den Mädchen zu. Als sich der Weg verbreiterte, trabte Anna vor, bis sie an Sarahs Seite war.

»Sieh doch bloß, wie ruhig Nestor heute geht«, sagte Sarah

glücklich. »Die blöde Sache mit dem Hänger ist für ihn schon Lichtjahre entfernt.«

Anna lachte. »Ich hoffe, Nestor bleibt auch auf der Bundesstraße so cool.« Sie runzelte die Stirn. »Eigentlich ziemlich blöd, dass wir gleich heute diese Straße überqueren müssen. Dabei hatten wir uns doch solche Mühe gegeben, einen Weg zu finden, der nicht durch dicken Verkehr führt. Gerade für die ersten Tage.«

Irritiert linste Sarah aus den Augenwinkeln zu Anna hinüber. Warum sagte sie das jetzt zu ihr? Wollte Anna damit andeuten, dass sie, Sarah, ihnen die Sache mit der stark befahrenen Bundesstraße eingebrockt hatte? Sicher – wäre alles nach Plan gelaufen, hätten sie diese Verkehrsader zunächst weiträumig umreiten können. Aber nach der unfreiwilligen Nacht auf dem Isländer Hof mussten sie die Straße überqueren.

»Ich kann doch nichts dafür, dass wir umplanen mussten«, sagte Sarah so heftig, dass Nestor seine Ohren schlagartig nach hinten richtete. »Dass die Räder von unserem Hänger geklaut wurden, kannst du *mir* ja wohl nicht vorwerfen.«

Erstaunt schüttelte Anna den Kopf. »Wie bist du denn drauf? Habe ich etwas von Vorwürfen gesagt?«

»Nein, aber du hast *gedacht*, dass wir unnötig viel Zeit verloren haben, weil Nestor sich nicht verladen ließ.«

Anna konterte: »Ja, besten Dank auch, dass du mir sagst, was ich denke.«

Leo wandte sich um, parierte Leikna zum Halten durch und zwang dadurch auch Nestor und Miro stehen zu bleiben.

»Habt ihr sie noch alle? Was ist los, Sarah?«

Verlegen zuckte Sarah die Schultern. »Ach, ich weiß auch nicht, ständig fühle ich mich wegen Nestor schuldig. Weil ihr immer Rücksicht auf ihn nehmen müsst. Und auf mich eben genauso.«

»Sei nicht blöd«, sagte Leo nur und ritt wieder an.

Als Sarah sich hinter Leiknas Schweif hängte, schimpfte sie im Stillen mit sich. Was hatte sie denn? Aber nein, sie wollte das Thema jetzt nicht weiter vertiefen, lieber später in ihrem Tagebuch notieren.

Was ist bloß in mich gefahren? Ausgerechnet mit Anna herumzuzicken? Sie ist immer für mich da und hilft mir mit Nestor. Noch nie hat sie sich beschwert. Und bei der ersten leisen Kritik meckere ich blöde Eule mit ihr herum.

Sie verließen den Wald und ritten über eine holprige Landwirtschaftsstraße, die allmählich bergan führte.

Leo drehte sich um.

»Wir müssen gleich über die Eisenbahnbrücke. Aber die ist total harmlos, hat Marlene gesagt. Einspurig. Und nur für Traktoren und so etwas gedacht.«

Harmlos? Gab es überhaupt etwas, das für Nestor harmlos war? Sarah zwang sich, gerade und möglichst locker zu sitzen, als sie das Geländer erspähte. Wenn jetzt ein Zug unter ihnen hindurchdonnerte ... aber es kam keine Bahn und die Pferde überquerten die Brücke ruhig, wenn auch äußerst aufmerksam.

Kurzes Aufatmen. Aber in Sarahs Kopf spukte bereits der nächste Streckenabschnitt herum. In wenigen Minuten musste die Bundesstraße kommen, die das Land um den Dümmer durchschnitt.

Ihr rutschte das Herz in die Hose. Was war mit ihren Beinen

los? So sehr Sarah auch versuchte, die Waden ruhig anzulegen, es gelang ihr nicht. Ihr zitterten die Knie. Nestor machte auf einmal kurze, verspannte Schritte. Spürte er ihre Aufregung? Die Sonne brannte vom wolkenlosen Himmel. Sarah biss sich auf die Lippen. Man konnte darauf wetten, dass überall Autos in der Sonne glänzten. Würde Nestor das Spiel von gestern wiederholen, sobald er blinkenden Lack sah? Und keinen Schritt über die Straße gehen? Dann würden sie erst bei Nacht und Nebel weiterkommen.

Hochkonzentriert horchte Sarah der Bundesstraße entgegen.

»Hört ihr auch, was ich höre?«, fragte sie.

Anna schüttelte den Kopf. »Ich höre nix.«

»Ich auch nicht«, sagte Leonie. »Es sei denn, du meinst die Grillen im Gras.«

Ungeduldig winkte Sarah ab. »Nein, ich meine, man hört kein Motorengeräusch. Und kein lautes Rauschen. Das bedeutet doch wohl wenig Verkehr.«

»Genau. Haltet mal an.« Leonie zog die Zeichnung hervor und studierte sie mit gerunzelter Stirn. »Tatsächlich, zwei Feldwege noch, dann kommt die Bundesstraße. Puh, Glück gehabt!«

Sarahs Knoten im Magen lockerte sich. Als sie aber Minuten später die Bundesstraße erreichten, kam das dicke Ende doch noch: Vor ihnen erstreckte sich ein endloser Stau. Kilometerlang bewegte sich eine glänzende Blechlawine im Schneckentempo voran. An einigen Stellen standen die Autos vollkommen still.

»Großer Gott!«, entfuhr es Sarah. »Stop and go. Darum haben wir kaum Motorlärm gehört. Wie kommen wir da bloß durch?«

Sie nahm die Zügel kürzer, denn Nestor begann unruhig zu tip-

peln, als Kinder ihre Köpfe durch die Autofenster steckten und vor Freude quietschten, als sie die Pferde am Straßenrand entdeckten.
Wenn es nur Autos gewesen wären! Aber ein großer Teil des Verkehrs bestand aus langen Gespannen, Wagen mit angekoppelten Anhängern, auf denen festgezurrte Boote lagen. Lange Alumasten glänzten in der Sonne.
»Wisst ihr, was ich glaube?«, sagte Sarah und kaute nervös auf der Unterlippe. »Am Dümmersee findet heute eine Segelregatta statt. Und wir sind quasi mittendrin.«
»So ein Mist!«, schimpfte Leonie.
»Wir müssen ja nur ein einziges Mal über diese Straße«, sagte Anna. »Dann reiten wir . . .«
»Rüber? Wie denn?«, rief Sarah aufgeregt dazwischen. »Die stehen ja Stoßstange an Stoßstange.«
Leonie drehte sich in Leiknas Sattel um und zwinkerte Sarah beruhigend zu. »Keine Aufregung. Das schaffen wir. Auf der anderen Seite haben wir wieder Ruhe. Dahinter kommen ja gleich schmale Wege. Los geht's.«
Entschlossen beugte Leo sich vor und bedeutete einem Autofahrer, dass sie die Straße überqueren wollten. Er tippte sich an die Stirn und fuhr im Schleichtempo weiter.
»Danke, sehr nett«, schrie Leo ihm ärgerlich nach. Doch der nächste Fahrer hatte Leonies Gesten ebenfalls gesehen, hupte kurz und stoppte seinen Geländewagen.
»Schnell, mir nach«, rief Leo und ließ Leikna bis an die weiße Mittellinie vorwärtsgehen.
Sarah ritt zwischen Leonie und Anna. Sie wagte kaum zu atmen. Die Luft über der Straße flimmerte in der Hitze. Überall

Autos, blitzender Lack. Was, wenn Nestor jetzt durchdrehte? Womöglich stieg er? Und sie knallte auf den Asphalt oder auf eine Motorhaube . . . nicht daran denken.
Mit steifem Nacken schielte Sarah auf den Gegenverkehr. Dort begriff man offenbar, was vor sich ging. Die Autos stoppten und ließen die Reitertruppe durch. Ein paar Schritte noch.
Doch plötzlich – von einem Kleinwagen, höchstens zehn Meter entfernt, kam ein dröhnendes Hupkonzert. Lärmend hängten sich vier Jungs in Muskelshirts aus den Fenstern, einer drehte die Musikanlage voll auf. Nestor fuhr heftig zusammen und sprang zurück.
Hilfe, fuhr es Sarah voller Entsetzen durch den Kopf, als ihr Pferd nervös zu tänzeln begann. Im nächsten Moment fand sie sich mit Nestor zwischen einer Anhängerdeichsel und einem Mercedes wieder. Nur nicht die Nerven verlieren. Allen Mut zusammennehmen.
Energisch trieb sie Nestor vorwärts. »Komm, komm.«
Und es klappte. Der Haflinger machte einen Satz, ein paar große Tritte im Trab – und dann stand er schnell atmend bei Miro und Leikna, die schon die andere Seite erreicht hatten.
Mit hochrotem Kopf blies Sarah sich die Ponyfransen aus der Stirn und rieb sich ihre Hände an der Reithose trocken.
»Ich bin halb tot«, wollte sie gerade sagen – da waren die lärmenden Jungs mit ihrem aufgemotzten Polo auf gleicher Höhe. Einer wedelte mit den Händen in der Luft herum. »He, ihr Schnecken, sehen wir euch heute Abend in der Disco?«
Nestor war schweißgebadet. Sein Herz wummerte laut und schnell, so heftig, dass Sarah den Pulsschlag in ihren Waden spürte.

»Haut bloß ab, ihr Idioten!«, brüllte sie die Jungs im Polo an.
»Blöde Zicken.« Der Wortführer im Auto griff hinter sich, holte aus und zielte mit zwei leeren Bierdosen auf die Pferde. Reflexartig drehte Nestor sich um und schlug nach den Wurfgeschossen aus.
»Au, Mann! Er hat mich getroffen.« Mit schmerzverzerrtem Gesicht griff Anna nach ihrem linken Bein.
»Wer? Nestor?« Sarah fuhr herum und nahm die Zügel an, um Nestor besser unter Kontrolle zu haben. Blut schoss ihr in den Kopf und rauschte in den Ohren. Was war mit Anna? Hoffentlich nichts Schlimmes. Hatte Nestor sie tatsächlich getreten? »Nein, Anna. Sag, dass das nicht stimmt.«
Anna kniff die Lippen zusammen, Tränen traten ihr in die Augen. »Doch. Hier, am linken Fuß. Nestor hat mich mit dem Huf gestreift.«
Mit halbem Ohr registrierte Sarah, dass es im Wagen der lärmenden Horde plötzlich still wurde, dass hastig Autoscheiben hochgedreht wurden.
»Kannst du noch reiten, Anna?«, fragte Leo sachlich. »Dann verschwinden wir erst mal aus dem Trubel hier.« Sarah beugte sich aus dem Sattel und begutachtete Annas Bein. Von außen sah man nicht viel, nur einen hellen Steifen, der sich quer über die schwarzen Lederchaps zog.
Als Anna nickte, orientierte Leo sich kurz auf ihrem Plan, und dann führte sie die Gruppe sicher durch geschäftig umherlaufende Segler, vorbei an Bootsanlegestellen und Campingplätzen zum See hinunter. Hier kannte Leo eine abgelegene Ecke, sie hatte sie im Herbst bei einem Schulausflug ausfindig gemacht.

Nach kurzer Zeit erreichten sie die verschwiegene Stelle, stiegen ab und banden ihre Pferde an den wenigen Bäumen fest. Nestor hatte sich erstaunlich schnell beruhigt, nur sein klatschnasses Fell, das sich an der Brust kräuselte, zeugte noch von der vergangenen Aufregung. Gemeinsam hakten Sarah und Leo ihre Freundin unter und schleppten sie zu einer leeren Parkbank. Aufstöhnend zog Anna ihre Reitboots aus. Sarah ließ sich zu ihren Füßen auf den Boden fallen und betastete behutsam Annas linken Knöchel. Die Schlagstelle sah stark geschwollen aus, gerötet, aber die Haut war intakt, keine Wunde, kein Blut. Sarah räusperte sich und versuchte, ihre Stimme ruhig klingen zu lassen.

»Meinst du, dass . . . dass was gebrochen ist?«, fragte sie und schaute zu Anna hoch. Ihre Freundin tat ihr wahnsinnig leid. Man sah Anna an, wie angestrengt sie ihre Schmerzen zu verbergen suchte.

In Sarahs Kopf jagten die Gedanken.

Wenn sie *Ja* sagt, ist alles aus. Vorbei der Wanderritt. Vorbei das Training für Nestor. Vorbei die Chance, ihn zu einem gelassenen Pferd zu machen. Wenn eine von uns ausfällt, brechen alle den Ritt ab. Das mussten wir unseren Eltern versprechen.

Anna zuckte die Schultern. »Kann ich nicht sagen. Im Moment tut es höllisch weh. Aber glaubt bloß nicht, dass ich den Ritt abbreche. Niemals.«

Erleichtert stieß Sarah die Luft aus und auch Leo verdrehte die Augen, kam aber gleich wieder mit praktischen Argumenten.

»Mit einem gebrochenen Knöchel kannst du nicht reiten, Anna, so viel steht fest.«

Logisch, dachte Sarah, darum *darf* er einfach nicht gebrochen

sein. »Du musst dein Bein hochlegen«, ordnete sie an. »Sagt unser Sportlehrer auch, wenn wir umknicken.«
Während Sarah die Reitkappe vom Kopf nahm und die angeklebten Haare schüttelte, ließ sie ihren Blick über den See schweifen. »Aber vorher kühlen. Am besten stellen wir dich einige Zeit ins Wasser. Hilft bei lahmenden Pferden auch. Schaffst du es bis zum Dümmer, Anna?«
»Gute Idee.« Leo erhob sich. »Ich bleibe solange bei den Pferden und hole Wasser zum Tränken.«
Auf Sarah gestützt, humpelte Anna ins Wasser. In der seichten Uferzone schwappte es warm um die Beine, und erst nachdem sie ein Stück in den See hinausgegangen waren, wurde es kühler. In einiger Entfernung spielten Kinder mit Wasserbällen und ihr Lachen beruhigte irgendwie.
Vorsichtig bewegte Anna den Fuß im Wasser hin und her. »Tut gut. Bestimmt nichts gebrochen.«
Sarah seufzte tief. »Ich war echt froh, dass Nestor vorhin alles so gut gepackt hat. Wenn er die Bundesstraße schafft, dann schafft er alles, dachte ich.« Bekümmert hob sie die Schultern. »Und dann schlägt er aus. Tut mir so leid.«
Anna blinzelte Sarah zu. »Bevor du wieder auf komische Gedanken kommst, Sarah: Nestor war *nicht* schuld. Aber diese bescheuerten Typen im Auto, die sollen mir bloß noch mal über den Weg laufen . . .«
Nach einer Viertelstunde begleitete Sarah ihre Freundin zurück. Die Pferde zupften Gras und linsten nur kurz zur Seite, als die Mädchen eintrafen. Leo hatte alle Pferde abgesattelt und drei Packtaschen aufeinandergetürmt, damit Anna sich hinlegen und ihr Bein darauf lagern konnte.

Sarah durchforstete den Erste-Hilfe-Kasten, bis sie eine Salbe gegen Blutergüsse fand, die sie Anna unter die Nase hielt. Empört stützte Anna sich auf die Unterarme.
»Bist du verrückt, Sarah? Und wenn unsere Pferde sich unterwegs vertreten? Nein, ich nehme keine Salbe. Dann haben wir nichts mehr für Notfälle.«
»Wenn das deine Eltern hören würden!«, sagte Sarah und verschloss den Rettungskasten. »Aber so kann dein Knöchel nicht bleiben.« Sie überlegte und griff zum Handy. »Ich frage deine Schwester, die kennt jede Menge Hausmittel.«
»Aber erzähl ihr bloß nicht, dass es für mich ist«, warnte Anna sofort.
Sarah hob beruhigend die Hand und begann auf dem Handy zu tippen. Auf einmal hielt sie inne. Vor ihrem geistigen Auge tauchte ein Bild von Paul auf. Paul auf der Couch liegend, ihre Mutter daneben, die ihm kalte Quarkumschläge um den Knöchel packte. Mindestens einmal im Monat kam ihr kleiner Bruder humpelnd vom Fußball nach Hause. Die Wickel wirkten jedes Mal wahre Wunder.

»Kalter Quark!« Sarah sprang auf. »Ich laufe rasch zur nächsten Tankstelle.« Sie bemerkte die fragenden Blicke ihrer Freundinnen und erklärte: »Quark ist die optimale Lösung für Annas Fuß. Hilft garantiert! An der Bundesstraße habe ich einen Tankshop gesehen, ich hoffe, dass die dort Quark verkaufen.«
Weil die Reklametafeln der Tankstelle bis zum See hinunter leuchteten, fand Sarah eine Abkürzung zur Straße. Und sie hatte Glück. Mit drei Bechern Quark aus der Kühltheke kehrte sie zurück zu Anna und Leo.

Sie hantierte in den Packtaschen unter Annas hochgelegtem Bein und zog ein T-Shirt heraus. »Das müsste gehen«, sagte sie, »ich spendiere eins als Verband.«
Bevor Anna protestieren konnte, kippte Sarah eine Packung Quark auf den Stoff und wickelte den kalten Umschlag geschickt um Annas Knöchel.
»Tut gut«, sagte diese. »Das wird schon.«
»Ich mache dann mal die Pferde fertig«, rief Leonie ihnen zu. Kurz darauf saßen sie wieder im Sattel und begaben sich auf die zweite Etappe des Tages.

7. Kapitel

Zum allerersten Mal kam Nestor zu mir! Nicht zu Miro oder Leikna. Den Moment vergesse ich nie. Nie. Nie. Nie. Nestor wollte seine Freude mit mir teilen. Und ich war ziemlich nahe am Heulen.

»Ist das Ihr Ernst? Wir dürfen in den Teich?«
Sarah blickte Landwirt Strotmann überrascht an. Der Bauer war ein kräftiger Mann um die fünfzig, dem man ansah, dass er zupacken konnte. Sarah hatte ihn hinter einer Schiebetür mit dem Schildchen *Melkstand* aufgetrieben, einem leeren Raum mit braunen Fliesen an den Wänden, von denen jedes Wort widerhallte. In einer langen Reihe waren Melkgeschirre installiert, mit denen die Kühe automatisch gemolken wurden.
Sarah, Anna und Leonie hatten ihr erstes Ziel nach dem Zwischenfall am Dümmer am späten Nachmittag ohne weitere Probleme erreicht: einen abgelegenen Bauernhof, der mit einer niedrigen Bruchsteinmauer eingefriedet war. Fünf Gebäude – Wohnhaus, Ställe, zwei Scheunen und der Maschinenschuppen – standen vor zwei aufragenden Futtersilos auf einem nahezu baumlosen Gelände dicht beieinander, umgeben von Kuhweiden.
Die Pferde warteten abgesattelt und getränkt im Hof und wollten auf die Weide.
Bauer Strotmann schmunzelte und sprang in die gekachelte Arbeitsgrube vor der Melkanlage. »Das Bad habt ihr sicher alle nötig, Zweibeiner und Vierbeiner. War ein heißer Tag heute.« Er

hob einen Hochdruckreiniger aus der Halterung. »Wozu soll der Teich sonst nutze sein? In der Nähe habe ich übrigens mit Elektroband ein Stück Weide für eure Pferde abgeteilt.«

»Danke, ganz toll!« Sarah rannte zurück zur Schiebetür, durch die normalerweise Kühe ein und aus gingen. Mit Nestor gemeinsam schwimmen! Davon träumte sie schon seit einer Ewigkeit! »Das mit dem Teich muss ich gleich den anderen sagen«, rief sie dem Bauern zu. »Die flippen aus.«

»Halt, noch etwas.« Strotmann stellte das Reinigungsgerät ein. »Macht bitte die Weide morgen früh sauber, bevor ihr weiterreitet. Also Pferdeäpfel runter. Schubkarren und Forken findet ihr hinterm Stall. Den Misthaufen auch.«

»Ehrensache«, rief Sarah zurück. Sie stürmte aus den kühlen Mauern auf den heißen Hof hinaus und rannte zu Anna und Leo, die im Schatten des Kälberstalls träge an die Mauer gelehnt saßen. Anna hatte ihren geschwollenen Fuß auf einen Heuballen gebettet. Sarahs abgewickeltes T-Shirt mit dem angetrockneten Quarkklecks darin lag neben ihr.

»Wir dürfen ins Wasser«, schrie Sarah und riss vor Begeisterung die Arme hoch. »Mit den Pferden. Was sagt ihr nun? Anna, das ist Medizin für deinen Knöchel.«

Sofort kam Leben in die trägen Gestalten. Mit einem Satz war Leonie auf den Beinen. »Wirklich? Ist ja irre! Los, rein in die Badeanzüge.«

Allen voran stürmte Sarah in den Kälberstall. Er stand leer, denn die jungen Rinder blieben nachts auf der Weide. An den Wänden stapelten sich ihre Sättel und Packtaschen. Lachend rissen die Mädchen sich die verschwitzten Reitsachen herunter und schichteten Hosen und Tops auf die niedrigen Trennmauern.

Sarah kniete sich vor ihre Tasche und kramte nach dem Badeanzug. Wo war das verflixte Ding?
Aber auch wenn sie den Badeanzug vergessen hätte – notfalls wäre sie mit Reithose ins Wasser gesprungen, um mit Nestor zu schwimmen.
Endlich. Sarahs Finger erkannten das dünne Stretchmaterial. Hastig schlüpfte sie in den schwarzen Schwimmanzug und rannte Anna und Leo nach, die draußen schon ungeduldig bei den Pferden warteten.
Als Sarah den Führstrick löste und Nestor über den Hof zur Koppel führte, begann der Haflinger ein wenig zu brummeln. Er hörte überhaupt nicht mehr damit auf. Sarah neigte den Kopf und horchte genau hin. Sprach er mit ihr? Bedeutete das Brummeln etwa: So wie ich dich kenne, hast du etwas Leckeres für mich? Das musste sie unbedingt in ihrem Tagebuch festhalten.

Wollte Nestor mir zeigen, dass er mir die Grasbeschaffung zutraute? So wie Pferde von ihrer Leitstute erwarten, dass sie neue Futterplätze finden?

Die Weide reichte fast bis zum wolkenlosen Horizont. Auf der linken Seite erstreckte sich ein ovaler Teich, der die Sonne auffing und reflektierte.
»Der Teich ist größer, als ich dachte«, sagte Leonie überrascht. »Ein richtiger See. Lasst uns lieber erst checken, wie steil das Ufer ist, bevor wir mit den Pferden hingehen. Solange können die drei erst mal grasen.«
Sie brachten die Pferde auf das abgeteilte Stück Weide und lie-

fen zum Teich. Anna humpelte. Auf den ersten Blick war zu sehen, wie sanft und flach das Ufer abfiel.

»Optimal zum Hereinreiten«, frohlockte Anna. Trotz ihres dicken Fußes war sie als erste im Wasser und planschte übermütig herum. Schon nach dem ersten Sonnentag war Anna übersät mit Sommersprossen. »Ihr könnt euch nicht vorstellen, wie klasse das hier für meinen Knöchel ist. Bin ziemlich sicher: da ist nichts gebrochen. Bloß ein Bluterguss.«

»Super, Anna, das ist die beste Nachricht des Tages.« Sarah warf sich lang in die Fluten. Prustend kam sie wieder hoch und streifte sich mit beiden Händen das Wasser aus dem Haar. Herrlich. Auf dem Rücken liegend paddelte Leonie neben ihr.

»Hier kriegen mich keine zehn Pferde wieder raus«, rief Leo mit geschlossenen Augen. Ihr Gesicht glühte gleichmäßig rotbraun. Obwohl sie so blond war, bekam sie nie Sommersprossen.

Sarah hielt ihr die Nase zu. »Zehn Pferde nicht, aber vielleicht drei?«

Kichernd zog Leonie den Kopf weg und öffnete blinzelnd die Augen. »Überredet. Wir holen jetzt unsere Süßen her. Ich bin echt gespannt, ob Nestor reingeht, wo doch der Teich so glänzt und funkelt.«

»Und ich erst«, seufzte Sarah. »Wie sollen wir denn hineinreiten? Ohne Trense?«

»Klar! Zumindest probieren wir, ob es geht«, schlug Leo vor, als sie das Wasser verließen. »Wir krallen uns einfach in der Mähne fest.«

»Da habe ich ja schlechte Karten bei Miros Stehmähne«, lachte Anna.

Wenig später saßen sie in Badeanzügen auf ihren Pferden und ritten auf den Teich zu. Sarah war total aufgedreht. Was für ein tolles Gefühl, mit nackten Beinen auf dem Pferderücken zu sitzen.

»Ich gehe zuerst«, verkündete Leo und ritt an. »Leikna liebt Wasser, wie ihr wisst.«

Sarahs Herz schlug schneller, als Leonie vor ihr das flache Teichufer erreichte und Leikna ohne zu zögern ins Wasser ging. Vorsichtig setzte Nestor Huf vor Huf, aber kurz vor der Wasserfläche brach er plötzlich zur Seite weg.

»Was machst du denn, Nestor?«

In letzter Sekunde konnte Sarah sich in der Mähne festhalten, fast hätte sie einen Abgang gemacht. Mit spielenden Ohren tippelte Nestor am trockenen Uferrand entlang. Von hinten kam nun Miro heran, der Nestor überholte und seine Beine gelassen in die Fluten eintauchte.

Sarah schmeichelte mit der Stimme. »Komm, Nestor, geh doch auch rein. Das gefällt dir.«

Laut schnorchelnd streckte der Haflinger den Kopf vor und Sarah wusste genau, was dieses Schnorcheln bedeutete.

Und wenn nicht?

»Du kannst es wagen, vertrau mir.«

Direkt neben ihr platschte Miro gut gelaunt durchs Wasser. An jeder Faser seines Fells merkte Sarah Nestor an, wie er nach dem kühlen Bad lechzte. Aber er war hin- und hergerissen. Endlich gab Nestor seinen Widerstand ein wenig auf und ließ sich von Sarah zwei Meter vorwärts bis an die Wasserkante treiben.

Aber nur einen Huf.

»Ja, ein Huf ist schon super, Nestor.«

Misstrauisch, immer seine vierbeinigen Gefährten im Auge, platzierte er den rechten Vorderhuf ins aufblitzende Wasser, ließ das Bein erst stehen, scharrte dann vorsichtig im Untergrund. Sand wirbelte auf. Nestor strich mit der Nase über das glänzende Nass, spielte mit den Lippen im Wasser und saugte etwas ein, scharrte weiter, schneller und heftiger. Tausende Tropfen flogen zur Seite, wie flüssiges Silber perlten sie in der Luft.

Fühlt sich gut an.

»Hab ich dir doch versprochen, Nestor.«

Entschlossen machte das Pferd einige Schritte vorwärts, hielt noch einmal an.

»Geh ruhig weiter, Nestor. Pferde können schwimmen, wusstest du das nicht?«

Erneut hob Nestor die Beine, immer entschlossener, bis er bis zum Bauch im Wasser stand.

»Er kapiert es«, jubelte Sarah. Im selben Moment merkte sie, wie Nestor unter ihr einknickte und zu schwimmen begann.

Sarah glitt von seinem Rücken und stand sofort bis zum Hals im Wasser. Mit rudernden Beinen paddelte Nestor durch den Teich. Quietschend rutschten nun auch Leo und Anna von ihren Pferden ins Wasser.

»Guckt euch den Nestor an, wie der das Wasser genießt! Das gibt es doch gar nicht«, sagte Anna lachend. Da kam der Haflinger auch schon zurückgepaddelt, ruderte direkt auf Sarah zu und prustete ihr ausgelassen mitten ins Gesicht.

»Du Ferkel«, rief Sarah in gespielter Empörung und wischte sich mit den Armen die Tropfen von den Backen. In Wirklichkeit war sie selig.

»Du bist zu mir gekommen«, flüsterte Sarah Nestor zu und sie war kurz davor, loszuheulen. »Und nicht zu Miro oder Leikna.« Sarahs Freude war übermächtig. Nestor hatte ihre Nähe gesucht. Und vorher hatte er sich von ihr ins Wasser führen lassen. Es war so wahnsinnig, dass Nestor ihr vertraut hatte. Ein Riesenschritt nach vorn! Er schien begriffen zu haben, dass er sich auf sie verlassen konnte. Wenn es doch nur so bliebe ...
»Komm mit.« Sarah wendete nach links und machte zwei Kraulzüge. Nestor wendete ebenfalls und paddelte ihr nach. Sarahs Herz schlug Purzelbäume. Bin ich auf dem Weg zur Pferdeflüsterin?, dachte sie übermütig. So oder so, diese wunderbare Stunde ist ein Meilenstein in Nestors Entwicklung.
»Blöd, dass ich kein Telefon zum Teich mitgenommen habe«, sagte Sarah. Sie strahlte übers ganze Gesicht. »Ich würde so gern Mama und Papa anrufen, damit sie sich mitfreuen.«
»Wofür bin ich 100-Meter-Schulmeisterin?«, fragte Leonie und sprintete zum Stall. Atemlos kehrte sie gleich darauf mit ihrem Handy zurück und tippte Sarahs Nummer ein.
»Hallo, Frau Rathmann? Hier ist Leonie. Hören Sie mal genau hin. Ja, richtig geraten – das *ist* Wellengeplätscher. Wir stehen nämlich mitten im Wasser. Und raten Sie mal, wer am besten schwimmt? Nestor. Ja, er hat sich von Sarah ins Wasser führen lassen. Und hat jetzt den größten Spaß von uns allen. Sie sehen, es klappt alles super. Bitte? Ob heute irgendwas passiert ist?«
Beschwörend legten Sarah und Anna ihre Zeigefinger auf die Lippen.
»Nein, was soll denn passiert sein?«

Hundemüde und glücklich kletterten die Mädchen drei Stunden später über eine Leiter auf den Holzboden überm Kälberstall. Unter dem niedrigen Dach herrschte brütende Hitze. Zuerst legten sie sich ohne Schlafsäcke auf ihre Isomatten, aber nach einer Weile krochen sie trotz der Wärme hinein.

»So offen in der Landschaft herumzuliegen, das geht irgendwie nicht«, stellte Leonie fest und die anderen stimmten zu.

Obwohl es draußen noch hell war, fielen ihnen fast sofort die Augen zu. Alles war im Lot: Die Pferde standen sicher eingezäunt auf der Weide, im kühlen Teich dümpelten Quarkbecher und Saftflaschen, eingehüllt in Plastiktüten.

Sarah gähnte verhalten. Zu Hause würde sie nie so früh ins Bett gehen. Aber da hatte sie auch nicht fünf Stunden Ritt bei glühender Sonne hinter sich und keine Bundeshorrorstraße überquert. Ihr Gesicht brannte, aber gerade noch leicht genug, um prickelndes Ferienfeeling zu vermitteln.

Mit aller Macht kämpfte Sarah gegen die Müdigkeit an. Bloß nicht sofort einschlafen! Wieder und wieder ließ sie im Geiste die wunderbare Szene im Teich aufleben. Wie Nestor auf sie zupaddelte und ihr übermütig ins Gesicht prustete. Allein für diesen kostbaren Moment hatte sich die aufwendige Vorbereitung gelohnt.

»Ist das eine Affenhitze!«, flüsterte Anna neben ihr und manövrierte ihre Arme aus dem Schlafsack. Sirrend schwirrten kleine Insekten über ihre Köpfe hinweg und flogen Angriffe auf jede nackte Hautpartie.

»Ich glaube, der Bauer züchtet Kampfmücken statt Kälber«, stöhnte Sarah und schlug nach den kleinen Quälgeistern. »Morgen habe ich bestimmt einen Krampf im Arm vom ständigen

Verscheuchen. Mein Blut zieht die Biester magisch an. Wie geht es deinem Fuß, Anna?«

»Hat sich gut erholt. Wenn ich liege, merke ich fast nichts. Gibst du morgen wieder eine Runde Quark aus?«

»Logisch«, murmelte Sarah. Sie wollte noch von ihrer genialen Idee schwärmen, die Lebensmittel im Teich zu kühlen, aber darüber schlief sie ein.

8. Kapitel

3. Tag, Montag.
Der Tag hatte so gut begonnen. Ich habe mich sensationell gefühlt. Doch später kam es dafür ganz dicke. Welcher Teufel hat mich eigentlich geritten, so einen Wanderritt mit Nestor zu wagen?

Hartnäckiges Krähen holte Sarah aus bleischwerem Schlaf. So ein blöder Gockel! Sie brauchte einen Moment, um ihre Gedanken zu sortieren. Natürlich – sie befand sich ja auf einem Bauernhof. Auf dem Dachboden überm Kälberstall.
Sarah räkelte sich im Schlafsack und lächelte, weil ihr erster Gedanke zu Nestor flog. Was gab es Schöneres, als beim Aufwachen an ihn zu denken? Daran, wie sie gestern mit ihm den See erobert hatte? Und wie er so übermütig und entspannt auf sie zugeschwommen war? Und noch eine ganze Woche lag vor ihr. Himmlisch! Was konnte sich da noch alles tun!
Vorsichtig versuchte Sarah, die Augen zu öffnen, aber es gelang ihr nicht. Beunruhigt beförderte sie ihre Arme aus dem Schlafsack und zog die Lider mit Daumen und Zeigefinger auseinander.
»Anna? Leo?«, flüsterte sie erschrocken. »Seid ihr wach? Ich kann kaum etwas sehen. Meine Augen tun weh.«
Sie spürte, wie die Nachbar-Schlafsäcke sich bewegten, dann wurde prustend gekichert.
»Das ist überhaupt nicht komisch«, fuhr Sarah auf und tastete mit den Fingern über Backen und Stirn.
»Doch«, kam es aus Leos Schlafsack. »Ist sogar sehr komisch.«
Sarah bekam mit, wie ihre Freundin in einer Packtasche kramte

und ihr einen Taschenspiegel in die Hand drückte. »Überzeug dich selbst.«
Mühsam riss Sarah die Augen einen schmalen Spalt auf und starrte auf ihr Spiegelbild.
»Na toll«, sagte sie nach dem ersten Schock, »so kann ich in jedem Horror-Video mitspielen.«
Kichernd langte Anna nach ihrer Kamera und schoss ein Foto.
Sarah konnte ihren Blick nicht vom Spiegel abwenden. Scheußlich, was ihr da entgegenblickte.

Mein Gesicht sieht aus! Nicht mal Mama würde mich so erkennen. Von Nestor ganz zu schweigen. Von oben bis unten verschwollen. Total entstellt von Mückenstichen. Nicht mal meine Augenlider haben die Mistviecher verschont.

Undeutlich erinnerte sich Sarah daran, wie sie nachts im Halbschlaf um sich geschlagen hatte. Gerädert kroch sie aus dem Schlafsack.
»Wir waschen uns im Teich«, schlug Leonie vor und warf ihre aufgerollte Isomatte vom Boden in die Stallgasse hinunter. »Tauch dein Gesicht ins Wasser, Sarah. Das kühlt. Denk an die segensreiche Wirkung für Annas Knöchel.«
»Mein Fuß hat sich total gut erholt«, rief Anna aus dem Kälberstall. Sie war bereits unten und hielt die steile Holzleiter fest, damit die anderen mit dem ganzen Gepäck herunterklettern konnten.
»Sechs Uhr«, gähnte Leonie und setzte den Fuß auf die oberste Sprosse. »Ich brauche Kalorien. Aber erst zu den Pferden. Und zum Teich.«

Sie bewaffneten sich mit Handtüchern und machten sich barfuß auf den Weg zum Teich.
Im Kuhstall rumorte es, als sie in Badeanzügen über den Hof liefen. Die Pflastersteine fühlten sich kühl und feucht von der Nacht an.
»Bauern müssen verdammt früh aufstehen«, stellte Anna mit einem Blick auf den Stall fest. »Und ständig arbeiten. Andererseits – immer zwischen Tieren – das muss schön sein.«
Auf der entfernten Dorfstraße hörte man Trecker rattern. In das Motorengeräusch hinein krähten unermüdlich zwei Hähne, dazu gesellten sich in der Luft helle Vogeltriller. Dumpfes Muhen und meckerndes Blöken drang von den Weiden herüber.
Millionen Tautropfen funkelten auf dem Gras. Wie die Halme unter den Fußsohlen kitzelten! Der Tag versprach, sonnig und wolkenlos zu werden. Wie Nestor wohl die Nacht überstanden hatte? Sarah freute sich wahnsinnig auf ihn. Würde er sie wieder so ausgelassen begrüßen wie gestern im Teich? Oder erkannte er sie gar nicht mit ihrem Zombiegesicht?
Mit einem großen Satz setzte Sarah über einen dunklen Klecks im Gras hinweg.
»Vorsicht, Kuhfladen.«
Kichernd liefen sie bis zur Pferdeweide im Zickzack um die Hinterlassenschaften der Milchkühe. Anna hatte sich einen raffinierten Laufstil angeeignet und setzte den linken Fuß nur mit den Zehen auf.
Weil die Pferde ganz hinten grasten, machten die Mädchen erst einen Abstecher zum Teich. Ohne zu zögern, sprang Anna mit einem Bauchklatscher hinein.

»Brrr, kalt heute Morgen«, rief sie Sarah zu. »Tut aber sagenhaft gut.«
Sarah steckte einen Fuß ins Wasser und bekam gleich eine Gänsehaut. »Wirklich ziemlich kühl.« Also lieber Katzenwäsche. Mit beiden Händen schaufelte Sarah sich das klare Wasser ins Gesicht. Die beste Medizin! Die Haut juckte deutlich weniger. Die Augen bekam sie langsam auch wieder auf.
»Wir nehmen Saft und Quark gleich mit«, schlug Sarah vor und peilte den Busch an, an dem sie gestern Abend zwei Tüten mit Vorräten festgebunden hatte. Die Folienbeutel trieben an langen Bändern im Wasser. Jetzt musste sie doch ganz eintauchen. Sarah holt tief Luft und schwamm zu den tief hängenden Zweigen, wo sie die Schnüre löste. Vom Rand aus fischte Leonie beide Tüten aus dem Wasser.
»Besser als jeder Kühlschrank«, sagte Sarah. Bibbernd stieg sie mit Anna aus dem Teich. Zu dritt liefen sie mit umgehängten Handtüchern zur Weide.
Nestor und Miro sahen freundlich blubbernd hoch und fraßen dann weiter. Leikna stieß ein freudiges Wiehern aus.
Alle drei Pferde wirkten frisch und munter und ausgeschlafen. Von der gestrigen Anstrengung merkte man ihnen nichts an.
»Das ist das Ergebnis unseres monatelangen Trainings«, sagte Leonie stolz und klopfte sich auf die Brust. »Die Pferde sind wirklich fit.« Sie warf einen Luftkuss über den Zaun. »Bis gleich, ihr Süßen. Wir haben auch Hunger.«
Kurz darauf saßen sie vor dem weiß getünchten Stall und genossen ihr erstes zünftiges Reiter-Frühstück. Reisefertig angezogen hockten sie auf gestapelten Mauersteinen, die sie auf dem Hof zusammengesucht hatten.

Genial, das erste Frühstück. Zwei Strohballen als Tisch, darauf unser tolles Western-Essgeschirr. Ich liebe diese blau gesprenkelten Blechteller. Wenn ich die Augen zusammenkneife, sehe ich mich auf der Prärie sitzen. Beim Cowboy-Frühstück. Auf der Koppel wartet Nestor, mein Westernpferd, und gleich bringen wir tausend Rinder über die Rocky Mountains. Sag dem Abenteuer, dass ich komme . . .

Leo und Anna hatten Plastikschüsseln mitgenommen, weil sie nicht auf ihr Müsli verzichten wollten. Schwungvoll schüttete Anna Körner in die Schalen und goss aufgelöstes Milchpulver darüber. »Trockenmilch ist nicht gerade ideal, aber besser als nichts.«
Lachend griff Leo zur Müslischüssel und tauchte den Blechlöffel ein. »Und schon lerne ich etwas fürs Leben«, sagte sie kauend. »Nämlich, wie gut man es zu Hause hat. Da holt man die Milchtüte einfach aus dem Kühlschrank. Frische, leckere Milch. Papa wäre begeistert, dass unser Ritt so lehrreich ist.«
Sarah packte zwei eingeschweißte Croissants aus und kippte sich Orangensaft aus der Flasche in den Mund.
»Wir müssen ein paar Sachen einkaufen«, sagte sie und strich Krümel von der Hose. »Heute sind die Geschäfte wieder offen. Ist ja Montag.«
Sarah war heilfroh, dass sie ihre Augen wieder aufbekam, obwohl die Lider noch wehtaten und die Haut im Gesicht spannte. Glücklich lehnte sie sich zurück. Durch ihr dünnes Top spürte sie die Rillen der Stallmauer im Rücken. Ein kribbelndes Gefühl stieg in Sarah auf. Der raue Putz bedeutete: Sie war nicht zu Hause, sondern auf einem Bauernhof. Mittendrin im Wanderritt. Sie war wirklich und wahrhaftig dabei, sich ihren Wunschtraum zu erfüllen. Gemeinsam mit Nestor.

»Stellt euch vor«, sagte Sarah und blinzelte in den wolkenlosen Himmel. »Es gibt Leute, die stundenlang im abgedunkelten Zimmer vorm Computer hocken. Ganz allein. Nichts für mich. Total toll, dass wir eine Clique sind. Und was für eine!« Sie räusperte sich und wurde rot. Der Gefühlsausbruch kam ihr plötzlich kindisch vor, aber Leo und Anna fanden ihre Bemerkung offenbar überhaupt nicht peinlich.
Leo sprang auf und räumte das Geschirr zusammen. »Genau so ist es. Und weil wir so ein klasse Team sind, schlage ich Arbeitsteilung vor. Wir holen zusammen die Pferde, ich äpfele dann die Weide ab und spüle das Geschirr. Ihr beiden Halbverletzten besorgt das Tränken und verfüttert die Mineralbiskuits.«

Nachdem die Pferde geputzt waren, holte Sarah Lotion zur Mückenabwehr aus dem Erste-Hilfe-Kasten. Sie begann, Nestor mit Insektenmilch einzureiben.
»Wäre nicht schlecht, wenn du die Lotion auch für dich nimmst«, sagte Anna und warf einen Blick auf Sarahs verschwollenes Gesicht.
Sarah schüttelte den Kopf. »Wir haben doch bloß drei Flaschen mitgenommen. Nein, mein Vorrat ist nur für Nestor. Wäre extrem dumm, wenn er ausflippt, weil er ständig gestochen wird. Gibt schon genug, worüber er sich aufregt.«
Sie schraubte die Verschlusskappe zu. »Setz dich hin, du bist jetzt mit dem Verarzten dran.«
Geschickt wickelte Sarah ihrer Freundin einen Quarkverband um den Knöchel und schnürte den Reitschuh darüber locker zu. Kurz darauf stürmte Leonie in ihrem bekannten Tempo von der

Koppel zurück. Pfeifend verstaute sie das Essgeschirr in den Taschen.

»Alles geregelt. Teller gespült, Weide abgemistet, beim Bauern abgemeldet«, sagte sie fröhlich. »Auf geht's.«

Sie sattelten, verschnallten die Packtaschen und warteten ab, bis der in einer Staubwolke auftauchende Milchtankwagen das Hoftor passiert hatte und vor dem Stall anhielt. Dann marschierten sie los.

Heute war Sarah dran mit Kartenlesen. Sie ritt an der Spitze ihrer Truppe und warf immer wieder einen Kontrollblick auf die transparente Tasche mit der Streckenkopie, die vor ihr am Sattel befestigt war. Trotz der Mückenstiche fühlte sie sich gigantisch. Was waren sie doch für eine tolle Gemeinschaft. Da stimmte einfach alles.

Nach kurzer Zeit fanden die Pferde ihr Reisetempo. Nestor kaute zufrieden auf der Trense und ging locker vorneweg.

Zunächst führte der Weg an Baumgürteln entlang, die angenehme Schatten warfen. Sie überholten eine Gruppe Nordic Walker, aber während die Wanderer im Schatten der Bäume blieben, mussten sie anschließend an eingezäunten Schafweiden vorbei durch die pralle Sonne reiten.

Einige Kilometer führten über extrem schmale Asphaltstraßen, die eine Reihe kleiner Orte verbanden.

Ganz schön kitzlig, der Ritt an dieser blöden Straße entlang, so eng wie die war. Wir konnten nicht ausweichen, die ganze Zeit hatten wir direkt neben uns Entwässerungsgräben. Und was für tiefe! Ich mochte gar nicht hingucken! Zum Glück haben uns nur wenige Autos überholt – aber die haben gereicht!!! Die mussten so dicht an uns vorbei, dass ein halb blinder Fahrer mich sogar einmal mit dem Seitenspiegel angerempelt hat. Allein die Vorstellung, er hätte Nestors Kruppe gestreift …

Drei Kreuze würde sie machen, wenn sie diese Straße verlassen konnten. Bestimmt hatte sie einen Puls von fünfhundert, falls so etwas möglich war. Nestor spürte Sarahs Unruhe und ging steif.

Als sie endlich in ein Heidegebiet abbiegen konnten, atmete Sarah auf. Sie verlangsamte den Schritt und nahm die Zügel in eine Hand, während sie mit der anderen die Karte hielt. Aufmerksam studierte sie die Zeichnung und drehte den Kopf, um im Geiste der Straßenführung zu folgen. Unmittelbar hinter dem schnurgeraden Pfad musste das erste Moor liegen.

»Pass auf, dass wir nicht vom Weg abkommen«, rief Leonie scherzend.

»Keine Panik.« Sarah steckte die Karte zurück in die Hülle. »Wir reiten ja nur am Rande des Hochmoors entlang.«

Plötzlich quiekte Anna aufgeregt auf. »Da drüben. Seht doch! Das Moor! Genau wie auf dem Poster zu Hause!«

Alle Augen gingen nach rechts.

»Wahnsinn«, sagte Leonie andächtig. Sogar die Pferde schienen genau hinzusehen. »Hast du deine Kamera griffbereit, Anna?«

Aus einer endlosen grünen und braunen Fläche, die sich im flimmernden Dunst verlor, ragten niedrige Birken als einzige Erhebung. Flirrend lag die Sonne über einer dunklen Gruppe abgestorbener Erlen. Ein Blick in die Urzeit.

»Richtig geheimnisvoll«, flüsterte Anna.

Lange Reihen aufgeschichteter Torfsoden bedeckten ein samtig schimmerndes Torffeld. Durchsichtige Libellen und bunte Falter taumelten vor Sarahs Augen. Lautlos wechselten zwei Hasen über den Weg. Unwirkliche Ruhe. Weit hinten am Horizont blinkten Schienen und Loren der Schmalspurbahn auf, die den Torf ins Werk karrte. Der federnde Boden verschluckte jeden Huftritt.

»Unter uns liegen wahrscheinlich Hunderte von Moorleichen«, sagte Leonie mit Grabesstimme. »Tausend Jahre alte Menschenopfer. Ermordete, Hingerichtete . . .«

»Hör auf«, rief Sarah lachend über die Schulter nach hinten. »Gruselgeschichten sind nur abends im Schlafsack erlaubt.«

Sie ließen das Moor rechts liegen und bald schon leuchteten in der Landschaft einige verstreute rote Flecken auf. Höfe von Bauern, die sich am Rand des Moores angesiedelt hatten. Eins dieser Gehöfte war das heutige Ziel, sie hatten es praktisch schon im Visier.

Doch am frühen Nachmittag, nachdem sie den größten Teil der Strecke ohne Probleme geschafft hatten, wurden sie durch eine unvorhergesehene Baustelle gebremst. Schon von ferne hatte Sarah argwöhnisch beobachtet, wie auf einem Strommasten gearbeitet wurde, einem gewaltigen Gittermasten mit breiten Querträgern. Aber sie konnte unmöglich abschätzen, ob diese Quelle der Unruhe auf ihrem Weg lag.

Doch es kam, wie Sarah insgeheim befürchtet hatte. Ihre Strecke führte schnurstracks zu dem gewaltigen Strommasten. Ein besonders enges Teilstück zwischen zwei Gräben, das so schmal war, dass man weder links noch rechts ausweichen konnte. Drei Lieferwagen versperrten den Weg. »Mobilfunktechnik« stand auf den Transportern.

In dem Gittermast turnten vier Männer in roten Overalls herum, die wie Bergsteiger mit Gurten und Leinen gesichert waren. Sarah versuchte, in schwindelnder Höhe etwas zu erkennen. Offenbar montierten sie Metallteile, die mitunter kurz aufblitzten.
Sarah spürte, wie Nestor sich auflud. Wie zum Teufel sollte sie diese Stelle mit ihm passieren?
Nestor schnorchelte vor Aufregung. Aber auch Leikna verlor ihre Coolness und machte mit hoch aufgerichtetem Schweif ein paar Schritte rückwärts. Miro stand wie angewurzelt und beobachtete die Szene mit starr nach vorn gerichteten Ohren.
Sarah bekam weiche Knie. »Die Leute da oben im Mast wirken wie sprungbereite Raubtiere auf die Pferde«, sagte sie kläglich. »Wir kommen hier nicht durch. Die bauen eine Mobilfunkantenne an, schätze ich.«
Sie beugte sich zur Seite und erkannte hinter den Lieferwagen meterlanges Zubehör, das auf dem Weg ausgebreitet lag. Stangen, Rohre, Eisenträger, Querstreben, Drahtseile, silberglänzende Stäbe und Schienen, Platten aus Metall. Einiges verbarg sich unter grünen Abdeckplanen.
In der geöffneten Hecktür eines Transporters saß ein Mann über ein Klemmbrett gebeugt und machte sich Notizen.
»Hallo Sie«, rief Sarah aus respektvoller Entfernung. »Wie lange bauen Sie hier noch?« Sie fühlte Nestors bretthарten Rücken. Jeden Moment konnte er auf dem Huf umdrehen und zurückgaloppieren. Welcher Teufel hatte sie eigentlich geritten, mit ihm einen Wanderritt zu wagen?
Der Mann blickte hoch. »Zwei oder drei Tage«, rief er zurück. »Wir müssen aber hier durch!«, rief Sarah halbherzig. Eigentlich

wurde ihr schlecht bei der Vorstellung, unter dem Mast hindurchzureiten. »Können Sie das Zeug auf dem Boden wegräumen?«
Der Techniker lachte auf. »Bitte? Unmöglich. Reitet einfach einen anderen Weg.« Damit schien die Sache für ihn erledigt und er wandte sich wieder seinen Notizen zu.
Wie begossene Pudel standen Sarah, Leo und Anna beieinander.
»Miro ist der Einzige, der möglicherweise über die dämlichen Teile hinwegsteigt«, sagte Anna. »Vielleicht würden ihm Nestor und Leikna sogar folgen. Aber ich halte das für mordsgefährlich. Ein falscher Tritt und sie schneiden sich an den Metallteilen die Sehnen durch. Und wenn sich da oben im Mast etwas bewegt, drehen sie garantiert durch.«
Wie zur Bestätigung blinkten die aufmontierten Streben in großer Höhe auf. So schnell konnten die Mädchen gar nicht gucken, wie ihre Pferde sich auf den Hufen umdrehten. Zack, waren sie weg. Im gestreckten Galopp jagten sie den Weg zurück.
Nun machte sich ihre reiterliche Erfahrung bezahlt. Schnell hatte jede ihr Pferd wieder unter Kontrolle, und als die Gruppe prustend am Wegesrand anhielt, gingen die Mädchen sofort daran, auf der Karte eine neue Route auszusuchen. Ganz sicher waren sie allerdings nicht, ob die Ersatzstrecke tatsächlich direkt zum Nachtquartier führte.

Als sie bei nächster Gelegenheit Rast am Rande eines Dorfes machten, lief Sarah zu einer Bäckerei und ließ sich dort den Weg zum Bauernhof beschreiben. Sie nutzte die Gelegenheit auch dazu, Brötchen, Getränke und abgepackten Käse zu kaufen.

Mit den neuen Informationen im Kopf erreichten sie ihr Ziel viel schneller als erwartet.

Sarah fühlte sich hin- und hergerissen. Einerseits war sie stolz darauf, wie gut Nestor die unbekannte Strecke bewältigt hatte. Andererseits ärgerte sie sich, dass ihnen dieser blöde Strommast in die Quere gekommen war. Ins Tagebuch schrieb sie:

Ohne die Antennenfuzzis wäre der Tag optimal gewesen. Zu blöd, dass Nestor sich aufregen musste! Er steckt das bestimmt nicht so schnell weg wie Leikna und Miro. Hoffentlich läuft morgen alles glatt mit ihm.

Das kühle Gästezimmer auf dem Bauernhof mit einem riesigen Matratzenlager versöhnte die Mädchen mit den Tücken des Ritts.

Als die Gruppe am nächsten Morgen wieder startete, sah Sarahs Gesicht wieder manierlich aus und auch Annas Knöchel war abgeschwollen.

9. Kapitel

4.Tag, Dienstag.
So eine Enttäuschung! Das Ufer war viel zu steil. Die Böschung fiel fast senkrecht ab, logischerweise konnten unsere Pferde da nicht runtersteigen.

»Heute haben wir die längste Etappe der Tour vor uns«, kündigte Anna an, während sie die letzte Packtasche an Miros Sattel verschnallte. »Mindestens 35 Kilometer. Wir müssen sehen, dass wir zügig vorankommen. Schon im Interesse meiner Haut.«
Vorsichtig zog sie ein T-Shirt über ihre krebsroten Schultern.
»Du hast dir wirklich einen saftigen Sonnenbrand gefangen«, stellte Sarah fest. Sie ergriff Nestors Zügel und schwang sich in den Sattel.
»Und ob«, seufzte Anna. Sie verdrehte ihre hellbraune Löwenmähne im Nacken und stülpte die Reitkappe auf den Kopf. »Das Leben ist schreiend ungerecht. Leonie kriegt keinen Sonnenbrand und keine einzige Sommersprosse, obwohl sie so blond ist wie Barbie.«
Leo lachte vom Sattel herunter und zeigte auf ihre Nase. »Ach ja? Und was pellt hier?«
Plaudernd und gut gelaunt ritten die Mädchen vom Hof. Trotz der kleinen Blessuren lachten und scherzten sie. Es war einfach herrlich. Der erste Teil der Strecke führte durch offene Landschaft über abgelegene Feldwege, auf denen es zwar keinen Schatten gab, aber auch keine Autos und Antennenbauer. Nur ein paar Radfahrer kreuzten ihren Weg.

Auf halber Strecke wollten sie einen kleinen Wasserlauf ansteuern, einen der Bäche, die vom Wiehengebirge herunterkamen und sich durch die Landschaft schlängelten. »Darauf freue ich mich schon die ganze Zeit«, sagte Sarah. »Das ist doch echt mal etwas Neues für die Pferde, aus fließendem Wasser zu trinken.« Zu Hause hatte Sarah tagelang im Internet gestöbert, um die Wasserqualität zu checken. Natürlich durfte man keine supersauberen Alpenbäche erwarten, aber das Wasser war durchaus trinkbar.

Doch als sie fast drei Stunden nach dem Start verschwitzt und genauso durstig wie die Pferde an der auserwählten Stelle eintrafen, erwartete sie eine ärgerliche Überraschung. Viel zu steil fiel das Ufer ab. Vorsichtig ritten die Mädchen durch eine Gruppe halbhoher Birken so nahe an die Böschung heran, wie es ging und warfen einen Blick auf den gurgelnden Bach. »Vergesst es«, sagte Leo. »Da können unsere Süßen nie runter. Das schaffen die nicht.«

Nestor begann sofort, heftig mit den Vorderhufen zu scharren. Sarah beugte sich über seinen Mähnenkamm und schlang ihm die Arme um den Hals. »Armer Kerl. Es muss schlimm sein, das Wasser zu hören, aber nicht heranzukommen. Warte, ich hole dir einen Eimer voll.«

Sie sprang aus dem Sattel, lockerte Nestors Bauchgurt und nahm ihre nass geschwitzte Reitkappe ab. »Meine Haare kann ich auswringen«, stöhnte sie und machte sich an einer Packtasche zu schaffen. Sie war so vollgestopft, dass der Reißverschluss fast platzte. Wenn der unterwegs seinen Geist aufgab, sah sie alt aus. Sarah musste sich gegen die Tasche pressen, um den Reißverschluss Stück für Stück zu öffnen. Endlich schim-

merte ein Zipfel Königsblau hervor und Sarah zerrte ihren blauen Falteimer aus der Tasche. Sie band ihn mit einem Führstrick um ihre Taille, zusammen mit den Eimern von Leo und Anna.
»Ich klettere zum Wasserholen nach unten«, kündigte sie an. »Hältst du Nestor so lange, Leo?«
Bevor sie sich an den Abstieg machte, zog sie Chaps, Schuhe und Strümpfe aus und krempelte die Reithose hoch. Wie es aussah, musste sie wohl in den Bach hineinsteigen. Nahezu übergangslos ging die Böschung in den kleinen Wasserlauf über.
Zwar war der Abhang nur kurz, aber er fiel schroff ab. Vorsichtig setzte Sarah die nackten Füße auf und klammerte sich mit beiden Händen an trockenen Grasbüscheln und Gestrüpp fest. Sie kam heil nach unten, fand dort aber kaum Platz zum Stehen.

Kaum hatte ich einen Schritt nach vorn gemacht, stand ich schon bis zum Hals im Wasser. Teufel auch, war der kleine Fluss tief. Ich muss wohl ziemlich gequiekt haben vor Schreck. Ein Super-Auftritt!

»Sarah!«, riefen Anna und Leo entsetzt.
Blitzschnell langte Sarah nach dem Eimer, der ein Stück abgetrieben war.
»Cooles Bad«, rief sie nach oben. Sie konnte schon wieder lachen. Sarah füllte die Eimer und reichte sie den anderen, bevor sie selber die Böschung hinaufkletterte.
»Zehn Liter reichen fürs Erste«, sagte Sarah, als sie ihren Eimer vor Nestor abstellte. Bevor er seine Lefzen eintunkte, legte sie

eine Schicht ausgerupftes Gras aufs Wasser. »Nicht so hastig trinken, sonst kriegst du Bauchschmerzen.« Nestor ließ sie nicht aus den Augen, während er trank.

Sarah war es richtig schummrig vor Glück, als sie Nestor so zufrieden trinken sah. Was gab es Schöneres, als für ein Pferd zu sorgen?

»Wenn ich mir nicht auch bald Flüssiges reinschütte, verende ich hier als ausgetrocknete Mumie«, verkündete Anna und schwenkte Miros leeren Eimer. »Dann könnt ihr mich im Moor entsorgen.«

»Ja, rück unsere Vorräte raus, Sarah!«, sagte Leonie.

Sarah kickte den leeren Eimer zur Seite und beugte sich über die prall gefüllte Satteltasche. Sie zerrte und drückte, bis sie sich widerstrebend öffnen ließ. Ohne hinzusehen, tastete Sarah nach der Pausenmahlzeit. Doch was war das?

»Oh nein! Seht euch das an.«

Entsetzt hielt Sarah drei zusammengedrückte, leere Flaschen in der Hand. Sämtliche Getränkepackungen waren aufgeplatzt und ausgelaufen.

Überall in der Tasche hatte sich Orangensaft klebrig verteilt. Die Wäsche sah aus! Ein einziger, ekliger gelber Textilklumpen. In den Flaschen war kein Tropfen Flüssigkeit mehr. Und die Käsescheiben fürs Mittagessen schwammen als gelbe Masse schwitzend in der Folie.

Sarah fühlte, wie ihr Mund auf der Stelle staubtrocken wurde. Bis zum nächsten Ort gab es nichts zu trinken – eine grässliche Vorstellung.

»Ich falle gleich tot um«, sagte Anna. Sie sah erbärmlich aus mit ihrem Sonnenbrand und den trockenen Lippen.

Wieder war es Leonie, die auf eine geniale Idee kam. Sie deutete den Abhang hinunter. »Wenn das Wasser aus dem Bach für Pferde gut ist, kann es doch für uns nicht ganz schlecht sein.«

Sarah klopfte ihr auf die Schulter. »Genau! Ich übernehme wieder das Hochholen.«

Obwohl sie schon eine Klettertour hinter sich hatte, holte Sarah in der brütenden Hitze noch drei Eimer aus dem Bach herauf.

Leikna wieherte leise, als sie der Eimer gewahr wurde.

»Mäuschen, später gibt es mehr für dich«, sagte Leonie, »aber jetzt sind wir auch mal dran.« Mit verklärtem Gesicht setzte sie den Eimer an und ließ die kühle Flüssigkeit über Kinn und Hals fließen.

Sarah wollte den ersten Schluck in Nestors Nähe genießen. Unmittelbar neben seinen Vorderbeinen ließ sie sich auf dem warmen Boden nieder, mit angezogenen Beinen, den Eimer zwischen ihren Knien, und schlürfte von dem selbst geschöpften Wasser. Köstlich! Plötzlich fiel ein Schatten auf Sarahs Gesicht und sie sah hoch.

»Nestor!«

Überrascht hielt Sarah die Luft an.

Der Haflinger musterte sie, fragend, wie Sarah schien. Er fiepte leise, als bäte er um Erlaubnis, und als Sarah ihm den Eimer zuschob, tunkte er sein Maul hinein und sog das Wasser ein, ohne den Blick von ihr zu wenden. Als Sarah mit der hohlen Hand etwas Wasser schöpfte, um es sich in den Mund zu schaufeln, zog er den Kopf grummelnd ein wenig zurück. Aber nur wenige Zentimeter . . .

Nestor suchte ihre Nähe! Sie tranken gemeinsam aus einem Eimer! Das war einfach . . . einfach . . . Sarah konnte ihre Gefühle kaum beschreiben.

Hat er begriffen, dass ich für ihn sorge? Für immer und ewig? Es ist einfach umwerfend.

In Sarahs Kopf ging es drunter und drüber. Wie lange hatte sie solch einen Zaubermoment herbeigesehnt! Wenn Nestor doch immer so bliebe . . .

Prustend richtete der Haflinger sich auf und begann mit triefendem Maul, die Birkenzweige anzunagen. Noch ganz benommen vor Glück blickte Sarah zu ihm auf.

Mit der Kamera in der Hand stand die lachende Anna vor ihr. »Hab geistesgegenwärtig auf den Auslöser gedrückt. Deine Eltern kriegen den Mund nicht mehr zu, wenn sie das Bild sehen. Du und Nestor am Wassereimer.«

Sarah schwebte immer noch auf Wolken, als sie weiterritten. War das der Durchbruch?

Aber schon bald bekam ihre Glückseligkeit einen Dämpfer.

Nach einstündigem Ritt durch glühende Hitze führte die Strecke an Äckern entlang, die im Halbschatten eines kleinen Waldes lagen. Anna jubelte, als Sarah ihr den zwei Kilometer langen Weg ankündigte.

»Endlich etwas Schatten. Mein Sonnenbrand freut sich.«

Je näher sie jedoch den Äckern kamen, desto mehr rutschte Sarah das Herz in die Hose. Der Grund war ein metallisches Klicken in der Ferne. Was das Geräusch bedeutete, wusste Sarah

nur zu gut: Auf den Feldern standen Beregnungs-Automaten. Kein Pferd ging gern an den unheimlichen Riesentrommeln vorüber. Nestor schon gar nicht.
Er begann bereits, die Ohren starr nach vorn zu richten und verhaltener zu schreiten, klamm und steif, als nähme er ihre reiterlichen Hilfen kaum noch wahr. Hoffentlich stehen die Dinger weit genug entfernt, dachte Sarah beklommen. Sonst wird das nichts mit Nestor. Sie fühlte, wie sie nervös wurde. Dabei wusste sie genau, was sie ihrem Pferd jetzt zeigen musste: Zuversicht und keine blöde Furcht. Verdammt, das war gar nicht so leicht.
Da! Dunkle Flecken auf dem Sandweg. Die Wasserstrahlen trafen bis auf den Wegesrand. Die Beregnungsmaschinen standen ganz nahe am Ackerrand. Aus der Entfernung erkannte Sarah bewegliche Schwenkrohre, die sich im Kreis drehten.
»Okay«, hörte sie Anna hinter sich sagen. Natürlich hatte ihre Freundin die Horroranlage ebenfalls entdeckt. Nicht nur Nestor, auch Leikna fürchtete sich davor. »Das ist großer Mist mit den blöden Dingern«, sagte Anna, »aber lass es uns versuchen. Soll ich mit Miro vorangehen, Sarah?«
»Wäre super.«
Konzentriert marschierte Miro vorne weg. Langsam näherten sie sich den Ungetümen. Zischend sprühten die Rohre Wasser in die Landschaft. In einigen Mulden hatten sich Pfützen gebildet, an deren Rändern Amseln nach Würmern pickten. Nestor zog am Zügel und Sarah gab ihm mehr Freiheit.
Vor ihnen verharrte Miro einen Augenblick mit hochgerecktem Kopf. Anna ließ es zu, dass er sich in der fremden Umgebung orientierte. Voller Bewunderung registrierte Sarah, wie ener-

gisch ihre Freundin Miro vorwärtstrieb. Tatsächlich gelang es ihr, den Freiberger immer näher an die schwenkenden Sprüharme heranzubringen.

»Wir schaffen das auch, Nestor«, flüsterte Sarah, doch im selben Moment klickte der Bewässerungs-Automat. Nestor brach aus und schoss zur Seite weg. Leikna sofort hinterher. Laut schnorchelnd starrten beide aus dem sicheren Unterholz auf das sprühende Monster. Nestor spannte jeden einzelnen Muskel an.

»Noch mal«, kommandierte Anna aus einiger Entfernung. »Zeigt mal ein bisschen mehr Mumm. Und reitet in anderem Winkel heran, schräger.«

Sarah presste die Lippen zusammen und versuchte, Nestor zu wenden. Aber sie schaffte es genauso wenig wie Leonie mit Leikna. Tänzelnd bewegten sich die beiden Pferde rückwärts, immer auf dem Sprung.

Anna drehte um. »Die Pferde sollten sich nicht unnötig aufregen«, rief sie ihren Freundinnen zu. »Sonst trifft sie noch der Schlag bei der Hitze. Ich komme zurück. Wir steigen ab und führen sie zu Fuß um den Acker.«

Sarah sprang aus dem Sattel und senkte den Kopf. Das war eine klare Niederlage. Nestor glaubte nicht, dass sie stark genug war, ihn vor dieser Höllenmaschine zu schützen. Während Sarah neben Leonie stand und auf Anna wartete, hielt sie stumme Zwiesprache mit ihrem Pferd.

Vertrau mir doch, dir passiert nichts.

Nestors alarmierter Blick streifte sie kurz, hakte sich jedoch sogleich wieder in den Beregnungs-Automaten fest.

Und der Lärm dort drüben? Da lauern wilde Tiere.

Nein, Nestor. Nur Wasser.

Und warum hast du dann selber Angst?

Sarah seufzte. Als Fluchttier spürte Nestor jede kleine Veränderung in seiner Reiterin. Sie konnte ihm nichts vormachen.

Als Anna eintraf, Miro neben sich am Zügel, sagte Leo: »Zu Hause hatten wir doch keine Probleme, unsere Pferde an Hindernissen vorbeizureiten.« Ihre Stimme schwankte zwischen Ratlosigkeit und Ärger. »Ich würde es vielleicht noch einmal probieren, vorbeizukommen, aber mit Nestor . . .«

Anna zuckte die Schultern. »Vergiss es, Leo. Jede Situation ist eben anders. Ich gebe zu, mein Miro ist extrem gelassen, mit dem geht alles leichter. Aber Pferde reagieren nun mal nicht immer so, wie wir uns das vorstellen. Okay, gehen wir also um den gesamten Acker herum und erst drüben . . .« Anna zeigte auf den Wall am Ende der Felder, über dem flirrend die Hitze lag, »kehren wir auf den alten Weg zurück.« Sie seufzte. »Und ich hatte mich so auf die kühle Strecke am Waldrand gefreut.«

Im Gänsemarsch trotteten die Mädchen neben ihren Pferden an den Äckern entlang. Gnadenlos knallte die Sonne auf sie herab, kein Baum bot Schatten, die Hitze stach und zermürbte Sarah. Bäche von Schweiß liefen ihr über den Rücken. Mücken summten aggressiv vor ihrer Nase. Ständig musste sie die Hand heben, um die Plagegeister zu verscheuchen. Da, wieder hatte ein Biest zugestochen, mitten auf den Ellenbogen. Warum bekam ausgerechnet sie immer die Stiche ab? War sie nicht schon erschöpft genug?

Und dann dieser Durst! Wie eine auszehrende Flamme loderte er in Sarahs Kehle, als sie nach einer halbe Stunde den Acker weiter östlich heraufkrochen. Wenn sie der Hitze überhaupt etwas abgewinnen konnte, dann einzig, dass ihre Reithose inzwischen getrocknet war.

So mies habe ich mich selten gefühlt. Schuldig. Klein. Eine Amöbe. Meinetwegen mussten alle diese Extrarunde durch die Gluthitze drehen! Anna mit ihrem Sonnenbrand. Sie muss schon genug aushalten mit ihrem geschwollenen Knöchel. Ich habe deutlich gesehen, wie sie ihr Bein nachzieht. Bestimmt rastet sie irgendwann aus wegen Nestor und das würde mich nicht einmal wundern …

Mehr als nötig redete keine, als sie endlich wieder in die Sättel stiegen.
Sarah ritt mit der Landkarte voran. Die Hitze wollte nicht weichen, im Gegenteil, sie schien sich jetzt am Nachmittag noch zu verstärken. Zu den Mücken gesellten sich auch noch aggressive Bremsen und Nestor schlug ständig mit dem Kopf. Trotz der Quälgeister ging es einige Zeit problemlos voran. Bis zum Nachtquartier war es nur noch ein kurzes Stück.
»Ein Königreich für frische Kleidung«, seufzte Leo, »und für einen Wasserschlauch.«
Doch es war wie verhext. Kurz vor dem Ziel stand groß und breit ein abgekoppelter, herrenloser Anhänger mit Strohballen im Weg, abgestellt auf einem schmalen, von tiefen Gräben gesäumten Pfad zu einem Gehöft, an dem sie vorbeimussten.
Sarah beugte sich aus dem Sattel und schätzte den Abstand zu den Gräben ein. Rechts parkte der vergitterte Erntewagen direkt an der Böschung. Da war kein Durchkommen. Links blieb

ein schmaler Durchlass für Fußgänger, weniger als ein halber Meter. Leonie sprang vom Pferd und drückte Sarah Leiknas Zügel in die Hand.
»Ich frage auf dem Hof, ob jemand den Anhänger wegfährt.« Schon drückte sie sich am Erntewagen vorbei und sprintete los, kehrte aber schnell mit schlechten Nachrichten zurück.
»Der Bauer kann den Anhänger erst in zwei Stunden wegfahren«, sagte Leonie verdrossen und übernahm Leiknas Zügel von Sarah. »Sein Hof steht voll mit anderen Strohwagen, die er vorher abladen muss.«
»Das heißt – Umweg reiten«, stellte Anna fest und zupfte sich vorsichtig die nass geschwitzten Ärmel von der Haut, während Leo nochmals den Abstand zwischen Anhänger und Graben abschätzte.
»Hm, vielleicht kommen wir doch vorbei? Wenn die Pferde ruhig blieben . . .« Leo musterte Nestor, der mit geweiteten Nüstern neben ihr stand. »Aber wenn Nestor tänzelt«, seufzte sie, »stürzt er in den Graben und bricht sich die Beine. Das ist zu riskant.«
Sarah schluckte. Wieder verzichteten sie wegen Nestor auf den einfachsten Weg. Ihr Magen meldete sich.

Wie lange kann ich diese Opfer noch verlangen? Anna und Leo müssen ständig Rücksicht auf mich und Nestor nehmen. Und ihre Pferde ja auch.

Rede dir bloß nichts ein, beruhigte Sarah sich selber.
Sie nahm Nestors Zügel in eine Hand und versuchte, sich auf der Straßenkarte einen Überblick zu verschaffen.

Hinter dem Futtersilo ragte das spitze Dach eines Kirchturms auf. Sarah wies in die Richtung. »Drüben geht es weiter. Auf der anderen Seite des Bauernhofs. Wir müssen einmal ganz um das Anwesen und die Felder herum.«

»Was das wieder für Zeit kostet«, brummte Leonie. »Als wenn wir nicht bald ein anständiges Abendbrot verdient hätten. Blöder Umweg.«

Plötzlich fühlte Sarah sich direkt angegriffen. Wieso rieb man ihr unter die Nase, dass Nestor eine Zumutung war? Nichts anderes hieß doch wohl Leos Satz: »Was das wieder für Zeit kostet!« Leo und Anna hatten immerhin gewusst, worauf sie sich einließen. Sogar hoch und heilig versprochen, sich über nichts aufzuregen, was Nestor betraf. Scheußliches Unbehagen machte sich in Sarah breit, überall, im Kopf, in den Armen, im Bauch, so, als zerrte man von zwei Seiten an ihr herum. Für Nestor wollte sie durch dick und dünn gehen – andererseits durfte sie ihre Freundinnen auch nicht übermäßig strapazieren.

Unwillig schlug Anna sich aufs Knie. »Mann, wir brauchen bestimmt eine Stunde länger. Das nervt aber echt.«

Es war ja klar, dass die beiden irgendwann platzen mussten. Die ganze Zeit hatte Sarah im Stillen damit gerechnet. Jetzt war es also so weit. Trotzdem fühlte sie nun riesige Enttäuschung. Und heftige Wut. Darum fiel ihre Reaktion schärfer aus als beabsichtigt.

»Klar, ich weiß schon, dass *ich* wieder schuld bin«, fauchte sie. Als sie Annas erstaunten Blick auf sich fühlte, sah Sarah mit zusammengekniffenen Augen über Nestors Ohren hinweg auf die Felder.

»Was denn!«, sagte Anna, während sie Miro wendete. »Das war nur eine sachliche Feststellung, Sarah.«
»Kam aber anders bei mir rüber«, erwiderte Sarah heftig. In der nächsten Sekunde war sie selber erschrocken über ihren Ausbruch. Sie erkannte sich selber nicht. Wie redete sie mit Anna? Seit wann reagierte sie so dünnhäutig? Und überhaupt: Seit wann gab es Vorwürfe untereinander?
Von hinten schaltete sich Leonie ein. »Sarah, bleib cool. Wir wussten vorher, dass es mit Nestor schwierig wird.«
Sarah beugte sich im Sattel so heftig zur Seite, dass Nestor zwei Schritte rückwärtstrat.
»Dann braucht ihr jetzt auch nicht zu meckern.«
Anna schüttelte den Kopf. »Tut doch keiner. Oder verstehe ich hier gerade was falsch?«
Blut schoss Sarah in den Kopf. Was war sie geladen!
»Du hast gesagt, es nervt«, raunzte sie Anna an. »Nennst du das sachlich?«
Anna verdrehte die Augen und wurde nun auch lauter. »Logisch nervt es, bei der Affenhitze eine Stunde Umweg zu reiten. Das nervt *dich* doch auch. Oder?«
Laute Worte flogen hin und her und schließlich gerieten Sarah, Anna und Leo sich richtig in die Haare. Zum ersten Mal, seit sie sich kannten, passierte das. Am Ende blickten die Mädchen einander wütend aus schmalen Augen an. Jede wirkte auf andere Art erschrocken, aber die Situation war so neu für alle, dass keine sie durch einen Scherz entkrampfen konnte.
Als Sarah endlich losritt, war sie völlig verstört. So lange sie sich kannten, waren sie eine eingeschworene Clique gewesen. Jeder stand für jeden ein, wenn Not am Mann war.

Nie hätte ich gedacht, dass ich jemals solchen Zoff mit den anderen haben würde.

Und jetzt? Wie Blei lag das ungewohnte Schweigen in der Luft. Zwischen ihnen herrschte mit einem Mal Sprachlosigkeit.

10. Kapitel

Total süß, wie Nestor sich drehte und wendete, damit ich beim Abduschen ja keine Stelle vergaß! Aber irgendwie machte es keinen Spaß. Ich wollte meine Freude mit Anna und Leo teilen, aber wir sprachen ja keine Silbe miteinander.

Über glühenden Asphalt gelangten sie in eine ausgestorbene Ortschaft. Von hier aus führte ein Weg durch die Feldmark zum Hof von Bauer Jansen. Auf den Feldern zogen riesige Mähdrescher ihre Spuren durch Roggenfelder. Hochdruckpressen spuckten fertig geformte Strohballen aus.

»Sieht aus, als hättet ihr einen harten Tag gehabt, Mädels.«
Ein freundlicher, rundlicher Mann in grüner Latzhose empfing Sarah, Leo und Anna auf dem Hof. Er wischte sich über den Mund, wahrscheinlich kam er gerade vom Abendessen. »Ron Jansen«, stellte er sich vor. »Ich muss gleich wieder aufs Feld. Wir sind heute mit der ganzen Mannschaft draußen, bis es dunkel wird, vielleicht auch länger.« Er schob die helle Baseballkappe in den Nacken und wies mit dem Kinn zum Himmel. »Morgen oder übermorgen kippt das Wetter, dann muss das Stroh drinnen sein. Kommt mit, ich zeige euch fix das Quartier.«
Die Mädchen folgten ihm, sie ritten vorbei an schwarzen Reifenstapeln, Bergen alter Bretter und aufgetürmten Holzpaletten bis zum Ende des Hofs. Jansen zeigte ihnen die Pferdekoppel, die von Weiden und Getreidefeldern eingerahmt war, und wies auf eine Scheune aus ausgeblichenen Holzlatten. Das ho-

he Tor stand offen. Hochgestapelt an den Wänden lagerten Unmengen von Rundballen.
»Dort könnt ihr euch aufs Ohr legen«, sagte Bauer Jansen. »An der Stirnwand findet ihr ein paar eckige Strohballen, die legt euch am besten als Matratze in die Scheunengasse. Hat sich bewährt. Letzte Woche haben hier fünf andere Wanderreiter übernachtet.«
Er legte grüßend die Hand an die Baseballkappe und ging mit großen Schritten zu seinem Traktor.
»Übrigens, die Reiter haben ihren Hafer vergessen!«, rief er, bevor er seinen Sitz erklomm. »Falls ihr den gebrauchen könnt – die Tüte steht hinter der Scheunentür. Wenn was ist, fragt meine Mutter, sie ist gerade mit dem Melken fertig.«
Er ließ den Motor an und fuhr tuckernd vom Hof, während Sarah aus dem Sattel sprang und sachlich in die Runde fragte: »Sollen wir die Pferde drüben anbinden und abwaschen?«
Sie wies auf ein Gebäude aus Bruchsteinmauern mit eingelassenen Eisenringen.
»Ist gut«, sagte Leonie kurz und drehte sich mit Leikna um.
Sie banden die Pferde an und wuchteten die schweren Sättel mitsamt Packtaschen herunter. Nestor stieß einen Seufzer aus, als Sarah ihn von der Last befreite. Sein helles Fell sah dunkelrot aus, so sehr hatte er geschwitzt.
Mit der flachen Hand fuhr Sarah ihm über den nassen Rücken und prüfte die Sattellage. Zum Glück keine Schwellungen!
»Ist Leiknas Rücken in Ordnung?«, fragte Sarah.
»Ja.«
»Miros auch«, sagte Anna, ohne aufzusehen. »Keine Druckstellen.«

Sie besprachen sich kurz und knapp. Sarah hätte wer weiß was darum gegeben, wenn Anna oder Leo gesagt hätten: »Lass uns den blöden Zoff vergessen. Was waren wir alle kindisch vorhin! Friends forever!«
Aber die beiden schwiegen beharrlich und Sarah schwieg auch. Sie griff zum Wasserschlauch an der Wand und begann, Nestor abzuspritzen. Wie er das genoss! Er drehte sich von rechts nach links, um genug von der Dusche abzubekommen.
Wortlos reichte Sarah den Schlauch an Anna weiter. Miro wartete hufescharrend auf sein Bad. Prustend warf der Freiberger Wallach den Kopf und schnappte nach dem Wasserstrahl. Normalerweise, dachte Sarah bedrückt, hätten wir jetzt gelacht und uns mitgefreut, aber so . . .
»Hafer und Mineralfutter bringe ich später auf die Weide«, murmelte Sarah. »Kraftfutter auf leeren Magen ist ungesund, sagt unsere Tierärztin.«
Nach dem Tränken führten sie die Pferde zur abgegrenzten Koppel. Hundert Meter weiter trieb eine kleine, energische Frau eine Kuhherde auf die Weide. »He, he«, rief sie entschieden. »Vorwärts mit euch.«
Abends suchten sie sich zum Essen einen ungestörten Platz hinter der Scheune. Sie ließen sich so nieder, dass sie die Koppel beobachten konnten und einander nicht ansehen mussten. Schweigend aßen sie zu Abend und sahen auf die Pferde, den Blick starr geradeaus gerichtet. Die ganze Zeit spürte Sarah ein nervöses Kribbeln im Magen, wie sonst nur vor Mathearbeiten oder wenn sie zum Zahnarzt musste.
»Diese Fischleichen würde ich zu Hause nicht anrühren«, sagte Leonie in das Schweigen hinein und schob sich aus einer Auf-

reißdose Hering in Tomatensoße mit der Blechgabel zwischen die Lippen. Von der Seite sah Sarah Anna lustlos kauen. Zusammengesackt hockte sie mit angezogenen Knien neben ihr. Annas Gesicht war knallrot und auch die Schultern hatten heftigen Sonnenbrand abgekriegt.

Obwohl Sarah ausgehungert war, bekam sie kaum einen Bissen herunter und stocherte in der aufgerissenen Konserve herum. Sie wusste – nie wieder würde sie eine Dose Fisch in Tomate sehen können, ohne an ihren Streit zu denken.

Tief unglücklich starrte sie stumpf in die Landschaft. Vor dem Himmel, der gelb, lila und orange schimmerte, malte sich die Silhouette der Kühe mit ihren geraden Rückenlinien ab. Schwarze Vögel hockten unbeweglich auf Zaunpfosten. Am Horizont hingetupfte Laubbäume mit kugeligen Kronen. Steile Hausdächer. Ein breiter Kirchturm. Strommasten aus wuchtigen Eisengittern. Auf dem Getreidefeld neben der Koppel drehte ein Mähdrescher seine Runden.

Sarah hatte keine Ahnung, wie sie aus dieser unerträglichen Situation wieder herauskommen sollten.

Auch zwei Stunden später, als sie nebeneinander auf der Scheunengasse lagen, wo sie ihre Isomatten auf den Strohballen ausgebreitet hatten, schien eine Gewitterwolke in der Luft zu hängen, so quälend war die Stille. Bedrückt schrieb Sarah ins Tagebuch.

Ich kann mich nicht erinnern, wann ich zuletzt mit solchen Bauchschmerzen schlafen gegangen bin. Am liebsten hätte ich meinen Eltern alles erzählt, als ich vorhin zu Hause angerufen habe. Dass Leo und Anna ständig wegen Nestor zurückstecken müssen und wie schlecht ich das ertrage.

Aber als ihre Mutter gesagt hatte: »Wir machen uns Sorgen, Sarahkind, ob du das mit Nestor schaffst«, da fand Sarah nicht die richtigen Worte. Sollte sie sich etwa bei ihren Eltern ausweinen wie ein Baby? »Macht euch keine Gedanken, Mama. Wir kriegen das hin«, hatte sie deshalb beteuert und versucht, ihre Stimme locker klingen zu lassen. Dabei war sie ganz und gar nicht mehr zuversichtlich.

Sarah griff sich ins Kreuz, ihr schmerzte der Rücken. Der Untergrund war uneben. Das war in den anderen Nächten auch so gewesen, aber heute spürte sie die unbequeme Lagerstatt furchtbar deutlich. Sarah riss eine Handvoll Halme aus dem gepressten Stroh und stopfte sie unter die Problemstellen.

Angestrengt horchte sie nach draußen. Das Scheunentor stand sperrangelweit offen, sonst hielt man es in der drückenden Hitze drinnen nicht aus. Unter den großen Ballen, die sich rechts und links an den Wänden hochtürmten, knarrten und knarzten die Holzpaletten. Ein Hund schlug an. Plötzlich wütendes Katzengeschrei. Zwei Kater, die sich um das Revier stritten. Dann war es wieder still. In der Kastanie auf dem Hof säuselten die Blätter. Shirts und Reithosen hingen zum Trocknen in den Zweigen. Auch Sarahs Wäsche, die nach dem Saftunfall orange geblieben war. Nur gut, dass sie Ersatz von der Altbäuerin bekommen hatte . . .

Sarah dachte an die komische Szene vorhin auf dem Hof, als die Bäuerin zwei Plastiktüten mit der Aufschrift »Altkleidersammlung« zum Tor trug. Sofort war Sarah ihr nachgelaufen und hatte die energische Frau angesprochen. »Entschuldigung, sind da auch Unterhosen drin? Ich meine – gewaschene?«

Die Altbäuerin – Sarah schätzte sie auf weit über 70 – hatte ziemlich verdattert dreingeschaut. »Allerdings. Sogar im Kochwaschgang. Brauchst du etwa welche?«

»Ja. Meine sind in Orangensaft geraten.«

Kopfschüttelnd hatte die Frau ihr zwei riesige Schlüpfer herausgesucht.

Vorm Schlafengehen hatte Sarah die langen weißen Baumwollhosen anprobiert, vor den Augen von Leo und Anna.

Ich hatte gehofft, dass mein Auftritt in den schrägen Unterhosen das Eis brechen würde. Die Teile reichten mir bis unter die Achseln und ich hätte wetten können, dass ich zum Schreien komisch aussah. Normalerweise hätten sich alle scheckig gelacht …

Diesmal lachte keiner.

Aus dem Schlafsack nebenan sagte Anna leise in die Stille: »Lass die Sonne nicht über deinem Zorn untergehen. Das war mein Konfirmationsspruch.«

Da war sie, die Chance, alles wieder zu glätten! Doch Sarah schaffte es nicht zu antworten. Ihr fehlten einfach die Worte. Reglos lag sie auf dem Rücken, stellte sich schlafend und atmete tief und gleichmäßig. Nur nicht verraten, dass sie noch wach lag. Nestor, dachte Sarah unglücklich, weißt du eigentlich, was ich deinetwegen durchmache? Mit meinen besten Freundinnen habe ich Zoff. Bin ich zu mimosenhaft? Oder sehe ich Nestor zu sehr durch die rosarote Brille? Erneut kroch Angst in Sarah hoch, dass sie und Nestor dem Wanderritt nicht gewachsen waren.

Eine Stunde vor Mitternacht, nach kurzem, unruhigem Schlaf, scheuchten unbekannte Beklemmungsgefühle Sarah in die Höhe. Geräuschlos pellte sie sich aus dem Schlafsack, holte die bereitgestellte Schüssel mit Hafer und Mineralfutter hinterm Scheunentor hervor und lief barfuß zur Weide. Sie brauchte jetzt Nestors Nähe, sonst hörte dieses schreckliche Gefühl nie auf.

Auf zwei Feldern in der Nähe wurde unter Flutlicht gearbeitet. Taghelle Scheinwerfer von Mähdreschern zogen breite Leuchtspuren durch die Nacht. Ohne die Lichtquellen, die in regelmäßigen Abständen einen Teil der dunklen Weide streiften, hätte Sarah den Weg gar nicht gefunden. Zwar funkelten Millionen Sterne, aber kein Mond zeigte sich, nicht einmal eine winzige Sichel; es war Neumond.

Die Pferde hatten sich auf der Koppel verteilt. Trotz der nur gelegentlich aufflammenden Lampen konnte Sarah sie eindeutig auseinanderhalten. Leikna, die Kleinste und Hellste. Miro mit der kurzen, frechen Stehmähne, die sich im Gegenlicht abzeichnete. Und Nestor sowieso. Er graste nah am Kornfeld und seine weiße Mähne leuchtete unter den vorbeihuschenden Scheinwerfern auf.

Sarah musste lächeln, als sie über die Weide auf ihn zuging. Auf der Stelle ließ das scheußliche Beklemmungsgefühl nach: Wie Medizin wirkte Nestor auf sie.

Über das angrenzende Feld tuckerte ein Traktor. Vor seinen Scheinwerfern warf Nestor einen Schatten, der sich ausdehnte, lang und länger wurde, bis er abriss, sich im Dunkeln verlor und später neu aufbaute. Als Sarah sich den Pferden näherte, spitzten sie ihre Ohren und trotteten auf sie zu.

»Hi, mein Lieber«, flüsterte Sarah. Nestor stand als Erster vor ihr. »Was meinst du, schaffen wir den Rest der Tour?« Sie ver-

wuschelte seinen weißen Schopf und war glücklich, dass er seinen Kopf nicht hochriss wie sonst, wenn sie ihn zwischen den Augen streichelte.
»Wahrscheinlich hat man ihm ins Gesicht geschlagen oder ihn ständig rückwärts gescheucht«, hatte Tierärztin Ehrmann vermutet. »Bis sich so eine Grundangst gibt, dauert es.«
Nestor tauchte sofort sein Maul in die Schüssel und putzte den Hafer weg. Miro und Leikna schubsten von der Seite, sie wollten auch ihren Teil, und weil die drei Pferde sich so gut kannten, gab es keine Beißerei. Sarah kauerte sich in der Dunkelheit auf den Boden und hielt den Rand der Schüssel fest, damit sie nicht umkippte. Sie nahm die Mineralbriketts heraus und legte sie Miro und Leikna vor die Hufe.
»Miro, friss dein Mineralfutter. Du auch, Leikna. Ihr wisst doch, ihr dürft nicht so viel Kraftfutter haben.«
Nestor leckte gründlich durch die Schüssel und insgeheim rechnete Sarah damit, dass er sich bei ihr bedankte, sie anstupste oder schnaubte. Doch der Haflinger drehte sich nur um und machte sich ein paar Meter entfernt über das Gras her. Enttäuscht blickte Sarah ihm nach. Sie hatte sich und Nestor überschätzt. Wie schön wäre es gewesen, wenn Nestor ihr den brüchig gewordenen Glauben an ein gutes Ende des Wanderritts zurückgegeben hätte ...

Weshalb ist Nestor immer so entsetzlich spröde? Geht einfach weg nach dem Füttern und dreht mir sein Hinterteil zu! Andererseits – was erwarte ich? Dass Nestor mir um den Hals fällt, weil ich ihm Hafer bringe? Ehrlich gesagt: ja. Wenigstens so etwas Ähnliches.

Sarah stand auf, warf einen letzten Blick auf die schimmernde Mähne ihres Pferdes und machte sich auf den Rückweg. Ein weißer Salzleckstein lag im Gras. Nett vom Bauern, daran zu denken, dachte Sarah. Überhaupt sind alle nett und hilfsbereit, obwohl wir keinen Cent bezahlen für die Unterkunft. Nur wir untereinander sind neuerdings blöd. Da kann man sich über den schönsten Salzleckstein nicht richtig freuen.
Nestors Schatten verfolgte sie beim Gehen, wuchs – als der Traktor auf dem Nachbarfeld seine Richtung wechselte – zu einem dunklen Riesenmonster heran, das ihren eigenen Schatten schluckte.
Sarah schauderte und ging schneller. Wenn sie nicht gewusst hätte, dass es Nestor war, ihr Nestor, dann wäre der Schatten richtig beängstigend gewesen.
Sie fühlte sich total down. Ratlos. Schwach. Seufzend schloss sie das Gattertor hinter sich. Ein Gedanke schoss ihr durch den Kopf: Sie könnte jetzt unbemerkt ihre Eltern anrufen und sagen: »Bitte holt mich ab. Es geht doch nicht mit Nestor. Ich habe mich überschätzt. Sagt aber zu Anna und Leo, dass *ihr* darauf besteht, mich zurückzuholen.«
Dann sah es vor ihren Freundinnen nicht so aus, als ob sie selber aufgab.
Sarah blieb abrupt stehen. Nein! Wie konnte sie nur! Wie konnte sie so etwas auch nur denken! Nein, tausend Mal nein. Nie würde sie ihre Freundinnen derart belügen. Und nie würde sie einfach so klein beigeben. Sie würde die Tour schaffen! Mehr als die Hälfte hatten sie ja noch vor sich. Nestor brauchte halt noch etwas Zeit. Und die Sache mit Anna und Leo würde sie auch bereinigen. Sie hatten sich doch nicht ein Jahr lang auf

diesen Ritt vorbereitet, nur um durch einen blöden Streit alles kaputt zu machen.

Sarah nahm sich vor, bei der Rückkehr in die Scheune sofort das Schweigen zu brechen. Sich mit Anna und Leo auszusprechen. Aber als sie gleich darauf entschlossen durch die offen stehenden Speichertore trat, drangen von den Strohmatratzen gleichmäßige, ruhige Atemzüge.

Also nicht.

Seufzend kroch Sarah in ihren überhitzten Schlafsack. Sie war so fertig, dass sie auf der Stelle einschlief.

11. Kapitel

Stockfinstere Nacht liegt über dem Moor. Kein Mond erhellt die unheimliche Landschaft. In schwarzen Tümpeln schimmert modriges Wasser, das geräuschlos um abgestorbene Erlen schwappt. Irrlichter huschen lila und gelb und grün über tote Birkenstümpfe. Schatten spuken übers Moor. Da ist Nestor! Angstvoll reißt er die Augen auf und versucht, den umhergeisternden Blitzen zu entkommen.

»Nestor«, schreit Sarah, »ich helfe dir.«

Moorleichen steigen blubbernd aus dem braunen Sumpf auf. Mumien, Schrumpfköpfe mit roten Haaren und gegerbter Haut. Salzlecksteine mit Pferdegesichtern. Und ein Mofa, ein moosüberwuchertes, schrecklich lautes Mofa. Sarah will den Lenker fassen, sie muss sofort zu Nestor, aber schon greift das Moor nach dem Mofa und verschlingt es wieder. Sie ist zu langsam, warum dauert nur jede Bewegung so entsetzlich lange?

Nestor irrt voller Panik herum, er tänzelt furchtsam schnaubend. Plötzlich steigt er und tritt mit den Vorderhufen nach den springenden Flammen, die vor seinen Beinen über den Boden schweben. Die Irrlichter wachsen, werden größer und größer, dämonenhaft vermischen sie sich mit bläulichen Auspuffgasen, bis sie sich zu zwei runden Sonnen vereinigen. Die schwankenden Lichter kommen näher, tun den Augen weh. Und laut sind sie, so furchtbar laut . . .

Klatschnass schoss Sarah von der Isomatte hoch. Ihr Herz raste. Zwei gewaltige, runde Scheinwerfer blendeten sie grell. Sarah kniff die Augen zu Schlitzen zusammen. Was war hier los? Das Licht war kein Traum! Es war . . . Plötzlich gefror ihr das

Blut in den Adern: Vor ihr stand ein riesiger, lärmender Traktor – und er war dabei, in die Scheune zu fahren. Die Räder bewegten sich direkt auf ihr Nachtlager zu.

»Halt, halt!«, schrie Sarah gellend und befreite sich aus dem Schlafsack. Hatte der verdammte Fahrer sie etwa nicht bemerkt? »Leo, Anna, Hilfe!«

Neben ihr schreckten Anna und Leonie auf, und während sie noch benommen ins Licht starrten, zerrte Sarah sie aus den Schlafsäcken und stieß sie gegen die Strohstapel an der Seite. Zitternd drückten sich die Mädchen an die Ballen.

»Was ... was ist denn?«, fragte Anna tonlos.

Mit bebenden Knien tastete sich Sarah an den Holzpaletten entlang zum gläsernen Fahrerhaus und schwenkte die Arme. »Hallo, hallo«, rief sie so laut sie konnte. »Bitte halten Sie an!«

Und endlich – der Fahrer reagierte. Der junge Mann zuckte entsetzt zusammen, stieg auf die Bremse und stellte sofort den Motor ab. Zu Tode erschrocken sprang er vom Sitz.

»Ich wollte den Traktor unterstellen«, stotterte er und wischte sich den Schweiß von der Stirn. Unter seiner Bräune war er fahl geworden. »Wusste nicht, dass hier jemand schläft. Oh Gott, ich hätte euch fast zerquetscht! Alles in Ordnung?«

Er schien mindestens genauso erschrocken zu sein wie die Mädchen.

Sarah nickte mit trockenem Mund. Obwohl die Gefahr vorüber war, bebte sie immer noch am ganzen Körper.

»Tut mir wirklich leid«, beteuerte der lang aufgeschossene Mann noch einmal, dann stieg er wieder auf den Traktor, setzte zurück und fuhr aus der Toröffnung heraus.

Geschockt starrte Sarah den gigantischen Rädern nach. Lang-

sam drehte sie sich zu Anna und Leo um. Kurz darauf lagen sich alle in den Armen.
»Stellt euch vor, wir wären tot.« Anna brach in Tränen aus. »Und wir hätten uns vorher nicht mehr vertragen.«
»Nie wieder gibt es bei uns Zoff«, schluchzte Sarah und hielt ihre Freundinnen fest umschlungen. »Das schwöre ich euch.«
Leo verdrehte die Augen. »Ich glaube, wir waren gestern alle ein bisschen bescheuert. Diese Knallsonne . . .«
Sarah nickte.
»Hitze hin, Hitze her«, sagte Anna und stieß Sarah ihren Ellenbogen in die Seite. »Man muss mal was sagen dürfen, ohne dass du sofort glaubst, wir wollen Nestor beleidigen. Wäre ja eine komische Freundschaft, wenn man sich jede Bemerkung dreimal überlegen muss. Und den Ärger herunterschluckt, bis man irgendwann explodiert.«
»Genau. Von zu viel Schweigen kriegt man Magengeschwüre.« Das war Leo, die Praktische. »Kleiner Deal, Sarah«, schlug sie vor. »Wir sagen in Zukunft ehrlich, wirklich ganz ehrlich, wenn uns an Nestor etwas nervt. Und du kapierst gefälligst, dass wir dich damit nicht runterziehen wollen.«
Sarah stieß einen Seufzer aus. »Schon gut. Ich kann euch sagen, ich habe mich gestern ziemlich scheußlich gefühlt. Noch mal möchte ich das nicht erleben. War so etwas wie eine Zerreißprobe. Und außerdem – nie im Leben rühre ich wieder Hering in Tomatensoße an.«
»Ich auch nicht«, riefen Leo und Anna gleichzeitig. Das Eis war gebrochen.

Gemeinsam zerrten die Mädchen einige Strohballen zum Eingang und verbarrikadierten vorsichtshalber die Türöffnung damit, ehe sie sich wieder hinlegten.
Hand in Hand mit ihren Freundinnen schlief Sarah jetzt wie ein Stein, sie hörte weder den gellenden Hahnenschrei noch die Kühe, die um sechs Uhr zum Melken in den Stall trotteten und zwei Stunden später zurück auf die Weide marschierten. Sie erwachte erst, als der Milchtankwagen mit lautem Gerumpel über den Hof fuhr.
Vor der Scheune rumorte es leise. Gähnend richtete Sarah sich auf. Ein Gedanke durchzuckte sie: Wir haben uns wieder vertragen! Wir sind wieder das gute alte Team! Glücklich krabbelte sie aus dem Schlafsack. Die Isomatten von Anna und Leo lagen verwaist neben ihr. Schnell ein Blick auf die Uhr. Schon fünf nach neun.
In ihrem kurzen Schlafshirt lief Sarah nach draußen. Unter der Kastanie war schon der Frühstückstisch gedeckt, besser gesagt, der Frühstücks*ballen*. Auf gepresstem Stroh standen drei blau gesprenkelte Teller parat, Becher, Blechbesteck und Schüsseln mit Müsli.
»Hi, Murmeltier.« Anna begrüßte Sarah, als sei gestern nichts geschehen. Fröhlich grinsend riss sie die Folie von den Croissants. »Erst waschen oder gleich frühstücken?«
Sarah reckte sich wohlig. »Erst waschen.« Sie angelte Handtuch und Top von einem Ast und lief zum Schlauch an der Stallwand. Eigentlich war laufen das falsche Wort, sie hüpfte wie ein ausgelassenes Kind. Ihr Herz war wieder frei und leicht. Ihre Gedanken wanderten zu Nestor. Auch wenn sie heute Nacht enttäuscht von seiner spröden Art gewesen war – jetzt, bei Sonnenschein, sah

die Welt schon wieder erheblich freundlicher aus. Irgendwann würde der Knoten auch bei ihrem schwierigen Pferd platzen. Gemeinsam mit ihren Freundinnen würde sie es schaffen.
Sarah drehte den Hahn auf und hielt das Gesicht unter den Schlauch. Herrlich, dieses frische, kalte Wasser auf der juckenden Haut! Sie befühlte ihre zerstochene Stirn und tastete die neuen Mückenstiche ab. Die Biester waren heute Nacht wieder Attacke geflogen. Bestimmt hatten sie auch Nestor nicht verschont.
Der Milchtankwagen fuhr an Sarah vorbei Richtung Hoftor. Neugierig blickte der Fahrer aus dem offenen Fenster zu ihr herüber.
Während Sarah sich das Gesicht abrubbelte, schaute sie dem Stahltank gedankenverloren nach. Tausende Liter beste Milch holte der Laster jeden zweiten Tag ab, hatte die Bäuerin erzählt und stolz hinzugefügt: »Für unsere Milch haben wir sogar Auszeichnungen bekommen.«
Und wir rühren uns Trockenmilchpulver ins Müsli, dachte Sarah. Wo Leo und Anna doch so sehr nach frischer Milch lechzen! Kurz entschlossen lief sie zum Stall, wo sie die Altbäuerin beim Reinemachen fand.
»Natürlich bezahle ich die Milch«, sagte Sarah, nachdem sie ihre Bitte geäußert hatte. Lachend winkte die kleine Frau ab und holte einen altmodischen, blau gepunkteten Krug mit kalter Milch aus der Küche. Außerdem drückte sie Sarah eine Zwiebelhälfte und zwei Gurken in die Hand. »Die Zwiebel hilft gegen deine Mückenstiche. Und die Gurke lindert Sonnenbrand. Eine von euch sah gestern tüchtig verschmort aus.«
Leonie und Anna brachen in Freudengeheul aus, als Sarah tri-

umphierend die frische Milch präsentierte und in die Müslischalen goss. »Wie bei Königs«, schwärmte Anna. Jede aß zwei Portionen und den Rest Milch tranken sie reihum aus dem Krug.

»Köstlich«, seufzte Leonie, als sie den Keramikkrug absetzte und die letzten Tropfen aus dem Mundwinkel leckte. »Jetzt weiß ich wieder, wie sehr ich Kühlschränke liebe.«

Sarah schnitt eine Gurke in Scheiben und legte sie behutsam auf Annas verbrannte Haut. »Leg den Kopf zurück und sitz ruhig«, sagte sie streng. Die zweite Gurke aßen sie gemeinsam mit großem Appetit auf.

Sarah tupfte sich Zwiebelsaft auf die Stirn. Prompt begannen ihre Augen zu tränen, aber die Quaddeln hörten tatsächlich auf zu jucken. Sie war sehr zufrieden. Das teure Kühlgel aus der Apotheke hielt sie für ihr Pferd zurück. Tatsächlich entdeckte sie, als sie die Pferde von der Weide holten, drei frische Mückenstiche an Nestors Hals. Auch Anna zückte beim Putzen ihre Anti-Jucksalbe für Miro.

»Meinst du, das ist krank?«, fragte Sarah, während sie Nestor auftrenste. »Erst die Pferde – und dann wir?«

Leonie kicherte. »Sicher. Gibt garantiert viele, die uns für durchgeknallt halten.«

»Egal«, sagte Sarah. »Wir haben uns schließlich freiwillig für den Ritt entschieden, unsere Pferde aber nicht. Also ist es doch wohl unsere Pflicht, sie besonders gut zu behandeln, oder?«

»Du sagst es überdeutlich«, fand Anna.

Nach einem kurzen, harmonischen Ritt entlang an stillen Mooren traf Sarah mit ihren Freundinnen nachmittags bei einem

Schafzüchter ein, wo sie in einem leeren Geräteschuppen übernachten konnten.

Mitten in der Nacht erwachte Sarah von einem Getöse, das sich wie Gewehrfeuer anhörte. Wolkenbrüche prasselten auf das Wellblechdach nieder. Regen! Der erste Regen! Ob Nestor die Dusche genoss? Der Regen musste eine Wohltat für ihn sein nach all den heißen Tagen.

Im Schlafsack neben ihr bewegte sich etwas und sie hörte Leo schlaftrunken murmeln: »Dann hat es sich wenigstens gelohnt, dass wir wasserfeste Sachen eingepackt haben.«

Und die Regenkleidung brauchten sie tatsächlich, denn am Donnerstagmorgen rauschte ein beständiger Landregen vom Himmel.

12. Kapitel

6. Tag, Donnerstag.
Heute ging Nestor extrem gelassen, obwohl ich die Zügel nur einhändig gehalten habe. Lag es daran, dass ich nicht ständig darüber nachgedacht habe, worüber er sich aufregen könnte? Heute musste ich mich ja voll auf das Würstchenglas in meiner Hand konzentrieren …

»Wirf sie weg. Du kriegst bloß einen Krampf im Arm.«
Anna drehte sich im Sattel um redete und auf Sarah ein, die mit eiserner Ausdauer ein deckelloses, abgesplittertes Glas Würstchen mit der linken Hand umklammerte. Mit der rechten hielt sie Nestors Zügel. Heftiger Regen mischte sich mit der Salzlake und gelegentlich lief etwas Würstchensaft in Sarahs Ärmel oder über die grüne Regenjacke. Aber sie ließ sich nicht beirren.
»Niemals«, sagte Sarah und umklammerte das glitschige Glas fester, weil ein Auto sie überholte und Pfützenwasser hochspritzte. »Du hast Heißhunger auf Würstchen und du sollst sie haben.«
Beim Abmarsch vom Schafzüchter hatte Anna sehnsuchtsvoll geschwärmt: »Ich möchte mal wieder knackige Wiener.« Heißhunger-Attacken überfielen jede von ihnen bisweilen und darum hatten sie unterwegs einen kleinen Laden angesteuert, um ein Glas Wiener zu kaufen.
Da die Würstchen in keine der vollgestopften Packtaschen passten, hatte Sarah das nasse Glas beim Aufsitzen in der Hand gehalten; dabei war es auf den Boden gefallen und der Rand za-

ckig abgebrochen. Seitdem trug Sarah es wie eine Fackel vor sich her.

»Okay, du Dickkopf«, sagte Anna lachend. »In gut einer Stunde erreichen wir eine menschliche Ansiedlung. Und ich gedenke, bei unserer dortigen Rast jedes einzelne Würstchen mit großem Genuss zu vertilgen. Stopp mal.« Sie hielt Miro an und kramte ihre Minikamera aus der Jackentasche. »Ich brauche ein Bild von dir und der Würstchen-Ruine. Sieht ziemlich schräg aus.«

Sie fotografierte Sarah in ihrem matt glänzenden Regenanzug auf Nestor, der geduldig stehen blieb, während ihm die Tropfen vom Schopf über den Nasenrücken liefen und weiter auf die Nüstern, wo er sie prustend wegblies.

»Lieber tausend Regenschauer als ein Gewitter«, sagte Sarah über die Schulter zu Leonie. »Ich hatte schon Angst, wir kriegen heute ein Unwetter, nach der schwülen Nacht.«

Eng hintereinander marschierte die Truppe weiter, acht Kilometer bis zum nächsten Ort. Birken und Kiefern, die unter der sengenden Sonne staubig und grau gewirkt hatten, sahen im Regen wieder grün und gesund aus. Durch tiefe Gräben, die bisher kaum mehr als träge Rinnsale beherbergt hatten, murmelten nun geschäftige Bäche, und Farne entfalteten sich dank des Regens zu prachtvollen Riesenfächern. Die Natur atmete auf. Nur die Schafe, an denen sie vorbeiritten, weiße Moorschnucken mit langem Haar, schauten unter ihrem nassen Fell unglücklich zu den Pferden hoch.

Das Glas wog schwer in Sarahs Hand. Anstrengend, ständig den Arm anzuwinkeln. Aber das Glas einfach wegwerfen? Niemals. Diesen Gefallen wollte sie ihrer Freundin unbedingt tun.

Als sie endlich in den Ort ritten und Sarah unter einem Ahornbaum am Marktplatz abstieg, taten ihr die Armmuskeln so weh, dass sie das Glas nur mit Mühe auf einem Mülleimer abstellen konnte.

»Ich übernehme Nestor«, sagte Leonie und band ihn neben Leikna an einem Ast an, bevor sie Sarahs Arm massierte.

Als Sarah wieder Leben spürte, ließ sie sich auf eine Bank unter dem Ahorn fallen und schüttelte das Handgelenk. »Ich glaube, das meinte Papa mit: *Lebenserfahrung sammeln*. Trag nie ein Würstchenglas über eine Distanz von zehn Kilometern.«

Anna langte nach dem Glas und untersuchte die Lake mit spitzen Fingern nach Scherben. Ausgehungert machte sie sich danach über die sechs Wiener her. Leonie und Sarah konnten mit Not jede ein halbes ergattern.

Sie waren auf einem hübschen, runden Marktplatz gelandet, umsäumt von kleinen Läden: Friseur, Drogeriemarkt, Bäcker, türkischer Gemüseladen, Imbiss, Eisdiele. Die Bank unter dem großen Blätterdach schien wie gemacht für eine Rast.

»Sollen wir uns eine Pizza gönnen?« Sarah spähte zum Imbissstand hinüber. »Wir liegen noch gut mit unseren Ausgaben.«

»Pizza ist klasse«, sagte Anna, während sie herzhaft in das letzte Würstchen biss.

»Dass du überhaupt noch etwas reinkriegst«, sagte Leonie, lief los und kam bald darauf mit duftenden Pizzas in Pappschachteln zurück. Mit klammen Fingern rissen die drei den knusprigen Pizzaboden auseinander.

Nach dem letzten Bissen tupfte Leonie sich mit dem Handrücken Tomatenmark vom Mund. »Neben dem Imbiss habe ich ei-

nen Gemüseladen gesichtet«, sagte sie. »Der verkauft Futtermöhren. Sollen wir?«
Sarah sprang auf. »Was für eine Frage!«
»Du nicht, Sarah«, entschied Leo und stopfte die Pizzakartons in den Abfallkorb neben der Bank. »Oder willst du etwa einen Zehn-Kilo-Sack tragen? Sei froh, dass dein Arm noch dran ist!«
»Überredet. Danke.«
Sarah trenste die Pferde ab, damit sie ungestört fressen konnten. Einige Minuten später schleppten Anna und Leo ein großes Netz mit Möhren heran, die sie Nestor, Miro und Leikna vor die Hufe schütteten.

Die ganze Zeit hat Nestor beim Fressen seinen Kopf an meine Hand geschmiegt.

Sarah wagte kaum, sich zu rühren. Nur nicht diese vertraute Zweisamkeit stören. Was für ein unglaubliches Gefühl. Es lief wirklich immer besser mit Nestor.
»Zehn Kilo Möhren sind zu viel für unsere kleinen Freunde«, sagte Anna, als der Sack halb leer gefressen war. »Mit vollem Magen sollen Pferde nicht arbeiten und wir haben noch 15 Kilometer vor uns.«
Sarah nickte und suchte aus den Packtaschen Gürtel hervor, die sie durch die Maschen des Netzes fädelte. Dann schnallte sie sich den halb vollen Möhrensack auf den Rücken. Nachdem Anna noch Proviant eingekauft hatte, setzten sie den Ritt gut gelaunt fort.
Mittags hörte der Regen auf, aber weil von Zeit zu Zeit heftige Schauer niedergingen, behielten sie ihre Regenkleidung an.

Die Hitze wich nicht. Im Gegenteil: Es wurde schwüler und unter der Regenkleidung stieg die Temperatur an. Sarah fühlte sich von oben bis unten klebrig. Shirt, Reithose, Wäsche – alles war nass geschwitzt. Natürlich lag das auch an dem schweren Möhrensack auf ihrem Rücken. Und an den aggressiven Insekten, die ihr unaufhörlich um die Nase schwirrten.
»Ich glaube, jede Mücke hat über Nacht Millionen Junge gekriegt«, sagte Sarah. Nestor ging langsamer als sonst, genau wie Miro und Leikna. Das nasse Fell dampfte.

Die Landkarte ließ sich auf diesem Streckenabschnitt leicht lesen. Nach fünfzehn Kilometern Ritt zeigte Sarah nach links und sagte: »Das muss es sein.«
»Das erste Haus nach dem Ortschild links«, hatte Herr Bohm am Telefon gesagt. »Nicht zu verfehlen. Angegliedert ist eine lange Halle, da werden oft Ausstellungen veranstaltet. Kaninchen, Katzen, Hühner. Zum Eingang geht es leicht bergab, direkt zu der Halle. Ein Stück dahinter sieht man einen Bauernhof.«
Die Gruppe bog auf den Hof ein. Leo übernahm es, im Wohnhaus zu klingeln und die Ankunft der Wanderreiter zu melden.
»Wir können in der Halle schlafen und alles benutzen«, sagte sie erfreut, als sie zurückkam. »Nur sauber hinterlassen, am Wochenende stellen sie da drinnen Mümmelmänner aus.«
Sie schleppten ihre Sättel mitsamt Packtaschen in die Halle und führten die Pferde zur Koppel, einer kleinen Weide hinter robusten Holzzäunen.
Dann inspizierten sie ihre Unterkunft genauer. Eine kahle Halle, vollkommen leer, weiß getüncht, roher Betonfußboden. Angenehm kühl, verglichen mit draußen. Von der langen, fenster-

losen Seite gingen zwei Türen ab. Leonie öffnete eine von ihnen und quiekte im nächsten Moment auf.

»Genial! Seht euch das an!«

Sofort rannten Sarah und Anna zu ihr hinüber.

»Super!«, rief Sarah auf.

»Ich glaub's kaum!« Anna schaltete begeistert das Licht an.

Was für ein Anblick! Eine weiß geflieste Dusche. Ein Waschbecken. Luxus pur!

»Jemand hat sein Duschgel vergessen.« Anna langte in die gläserne Kabine und präsentierte selig eine blaue Plastikflasche. »Heute sind wir Edelweiber«, sang sie lauthals und tanzte mit dem Duschgel in der Hand durch die Halle.

Sarah lachte. Wann hatte sie sich zu Hause je Gedanken über fließendes Wasser oder Duschgel gemacht? Wie sehr hatte sich in diesen paar Tagen ihr Blickwinkel verändert.

Hinter der anderen Tür entdeckten sie eine Einbauküche mit Geschirr und einer Sitzecke, die Anna für das Erinnerungsalbum fotografierte.

»Gut, dass ich meinen Tee mitgenommen habe«, stellte Leonie zufrieden fest. Obwohl es eigentlich zu warm war, machte sie sich gleich daran, eine Kanne Earl Grey aufzugießen.

Zu dem dampfenden Tee aßen sie elf Brötchen mit dicker Nuss-Nugat-Creme.

Die Halle war luftig, nirgendwo schwirrte eine Mücke herum. Abends rollten sich die drei Reiterinnen in einer Ecke auf ihren Isomatten zusammen. Sarah fühlte sich himmlisch. Frisch geduscht und sauber.

Sie lachten und flüsterten noch eine Weile in der Dunkelheit, bis Leo plötzlich sagte: »Still! Was war das?«

Von weit her grummelte es verhalten. Da, schon wieder.
Sarah fiepte wie ein junger Hund und zog sich die Schlafsack-Kapuze über die Augen. »Wird doch hoffentlich kein Gewitter geben.«
Sie horchten aus ihren Schlafsäcken nach draußen. Dumpf grollte der Donner, schwoll an, verzog sich aber wieder. Doch dann zog das Gewitter näher heran und plötzlich entlud es sich mit heftiger Wut.
»Das tobt ganz in der Nähe«, flüsterte Sarah ängstlich. Sie setzte sich auf und lehnte sich an die Wand. Donnersalven krachten.
»Hilfe.« Sie zog den Kopf ein und rückte näher zu Anna.
Zuckend ging ein Blitz vor dem Fenster nieder. Einen Wimpernschlag lang war die Halle taghell erleuchtet. Geblendet kniff Sarah die Augen zusammen. Wie sie Gewitter hasste!
Nestor, dachte sie, während sie mit verspanntem Nacken und kalten Händen dasaß. Nestor, hast du auch Angst? Oder sind Unwetter für Pferde normale Naturereignisse, die sie nicht sonderlich erschütterten? Zu Hause vielleicht. Aber auf einer wildfremden Weide?
Sarah hätte sonst was dafür gegeben, bei Nestor zu sein. Nein, dachte sie sofort, stimmt gar nicht. Um nichts in der Welt würde ich jetzt ins Freie gehen. Im Haus ist es am sichersten.
»Wie schützt man sich draußen vor Blitzen, Leo?«, fragte Sarah. Ihre Stimme zitterte. »Du bist doch ein Ass in Physik.«
»Auf die Erde hocken, Füße zusammenstellen, Kopf einziehen. So klein wie möglich machen. Man darf nie die höchste Erhebung sein.«
»Was?« Entsetzt fuhr Sarah hoch. »Aber unsere Pferde *sind* die höchste Erhebung auf der Weide.«

Schon sprang sie auf und griff nach ihrer Reithose, die auf dem Fußboden neben dem Schlafsack lag. »Wir müssen sie runterholen.« Ihre eigene Furcht – plötzlich war die zweitrangig.

Ich weiß immer noch nicht, wieso ich nichts als rauswollte, raus zu Nestor, wo ich doch Mörderangst vor Gewittern habe. Aber ich hatte nur noch den Gedanken im Kopf, dass der Blitz auf der Weide einschlagen könnte. Selbst wenn die Pferde nicht getroffen würden – Nestor durfte unter keinen Umständen ein zusätzliches Angsterlebnis im Gedächtnis speichern. Seine alten, schlimmen Erfahrungen hatte er ja immer noch nicht überwunden.

»Ja, aber wohin mit den Pferden?«, fragte Anna aufgeregt. »Hier gibt es doch keinen Stall.«
Sarah streifte das nächstbeste T-Shirt über, das sie zu fassen bekam. Ohrenbetäubend knallte ein Donnerschlag auf das Flachdach. Alle drei erstarrten wie eingefroren.
»Dann holen wir sie eben hierher in die Halle.«
In Windeseile zog sich jetzt auch Leonie an. »Ja, auch wenn der Besitzer bei der Vorstellung sicher nicht begeistert wäre. Das ist höhere Gewalt.«
Wieder zuckten Blitze vor dem Fenster. Anna nutzte die kurze Helligkeit, um auf den Lichtschalter zu drücken. Dann griff sie zur Reithose. »Ehrlich gesagt habe ich Muffe, durch das Wetter zu gehen«, gestand sie und verzog kläglich das Gesicht.
»Ich auch«, sagten Sarah und Leo gleichzeitig.
Es regnete nicht, als sie vor die Tür traten, aber scharfer Wind war aufgekommen. Gewitterböen trieben Sand und Blätter vor sich her. Es war stockdunkel, kein Mond stand am Himmel,

doch weil eine Wallhecke den Weg zur Koppel begrenzte, fanden sie sich leicht zurecht.
»Hoffentlich schaffen wir es vor dem nächsten heftigen Blitz«, murmelte Sarah außer Atem, als sie am Gatter angekommen waren. Nervös nestelte sie am Riegel.
Da zuckte grell ein neuer Blitz. Sarah schrie auf und griff nach Leos Arm. Feindselig schoss die brennende Zickzackspur über den Himmel, dürre Nebenblitze verästelten sich furchterregend. Sekundenlang war die Weide von kaltem blau-weißem Licht erhellt.
Zitternd klammerten sich die Mädchen aneinander.
»Wir könnten doch auch getroffen werden«, flüsterte Sarah. »Als höchste Erhebung auf der Weide?«
»Sicher«, sagte Leo kurz. »Logisch.«
Die Pferde standen dicht aneinandergedrängt zusammen und wirkten aufgescheucht. Als die Mädchen am Zaun auftauchten, kamen sie im Laufschritt heran und suchten ihre Nähe. Auch Nestor.
Hastig ergriff Sarah ihn am Halfter. Anna war schon mit Miro vor ihr. Wie von Furien gehetzt liefen sie zur Ausstellungshalle zurück. Eine Böe trieb Sarah Sand in die Augen, sie stolperte über einen Maulwurfshügel, fing sich wieder, riss sich die Hand an einem abgebrochenen Ast blutig. Sie bemerkte es nicht. Nur schnell zurück. Sie spürte Nestors Anspannung. Fast schien es Sarah, als hielte er die Luft an. Endlich die Halle. Sarah dachte nicht darüber nach, ob Nestor durch die niedrige Tür gehen würde; erst später, aber da hatte er schon einen eiligen Satz über die Schwelle gemacht. Erst jetzt beruhigte sich Sarahs Atem.

»Das Licht muss aus, sonst erkennt man die Pferde durchs Fenster«, sagte Leo und tippte auf den Schalter. Sofort war es stockdunkel. »Herrn Bohm trifft der Schlag, wenn er statt Kaninchen unsere Süßen in seiner Halle sieht.«
Draußen brach wolkenbruchartiger Regen los. Von Böen getrieben peitschten heftige Schauer gegen das Hallenfenster. Dürre Zweige schlugen gegen die Scheibe.
Leo steckte zwei Teelichter an und stellte sie auf den Boden, winzige Leuchtquellen, die zuckende Schatten warfen und die Halle noch finsterer erscheinen ließen.

Unsere Pferde standen ruhig, sie wirkten nur etwas überrascht und schnaubten mehrmals, als wollten sie sich vergewissern, wie laut ihre Stimmen hallten und wie groß der Raum war. Wir haben sie mit den restlichen Möhren gefüttert, um sie bei Laune zu halten.

Nachdem der erste Schreck überwunden war, kreisten Sarahs Gedanken um den kommenden Tag. Mit gerunzelter Stirn betrachtete sie die Regenschleier an den Hallenfenstern.
»Warum muss es ausgerechnet heute Nacht regnen? Wo wir doch morgen diesen super Platz an der Hunte ansteuern wollen. Das Picknick am Wasser können wir uns abschminken.«
Leonie seufzte. »Ja, wenn es weiter so schüttet, ist das Gras klatschnass. Und dabei habe ich letztes Jahr auf der Klassenfahrt tagelang gesucht, bis ich die sensationelle Stelle gefunden hatte.«
Sie hatte ihren Freundinnen den Mund wässrig gemacht mit diesem Königsplatz unter Bäumen: eine Uferböschung, breit

und idyllisch über der Hunte, einem urigen Flüsschen, das sich durch Wiesen und Wälder schlängelte.

»Gewitter dauern manchmal nur kurz«, meinte Anna hoffnungsvoll, »vielleicht haben wir ja Glück.« Sarah nickte. Sie bemerkte, dass sie unbewusst die Daumen drückte.

Tatsächlich zog das Unwetter nach einer halben Stunde weiter, der Regen hörte auf und sie konnten es wagen, die Pferde wieder auf die Weide zu bringen.

Sarah war völlig erschöpft, als sie zurückkam. Sie spürte, wie ihr die Knie zitterten. Was habe ich wegen Nestor riskiert?, dachte sie. Nur gut, dass ich Mama und Papa schon vor dem Gewitter angerufen habe. Jetzt würde Mama mir sofort anmerken, wie fix und fertig ich bin.

13. Kapitel

7. Tag, Freitag.
Leo wirkte total angespannt. Schmal und nervös. So kenne ich sie gar nicht. Andauernd ist sie sich mit der Hand übers Kinn gefahren. Natürlich wusste sie genauso gut wie ich, wie schnell Schluss mit dem Wanderritt sein konnte.

Sarah schlang die Arme um ihre Knie und lehnte sich behaglich gegen einen Birkenstamm, die Augen halb geschlossen. Schon seit dem frühen Nachmittag machten sie Pause auf der Uferböschung im Huntetal und seit einer halben Stunde hielt sie hier Wache. Neben ihr lagen Anna und Leonie ausgestreckt im warmen Gras und schliefen wie Murmeltiere. Die Sättel hatten sie sich nach Cowboyart unter die Köpfe geschoben.
So schnell wie es gekommen war, hatte sich das Unwetter gestern wieder verzogen. Hier an der Hunte schien es überhaupt nicht geregnet zu haben, das Gras war staubtrocken. Darum hatte es tatsächlich doch noch geklappt mit der Rast.
Ein paar Meter von Sarah entfernt lagen zwei Pferde entspannt auf der Seite. Miro und Leikna. Im Tiefschlaf streckten sie alle viere von sich.
»Ich passe auf«, hatte Sarah angeboten und die Pferde vorhin losgebunden, damit sie es gemütlicher hatten. Die Enden der Stricke lagen griffbereit neben ihr. Als Einfriedung erhob sich an der Böschung, die sachte zum Fluss abfiel, ein dicht bewachsener Wall mit niedrigen Birken, deren Blätter die Pferde vor dem Mittagsschlaf abgerupft hatten.

Nestor lag auch. Allerdings war es eher ein halbwaches Kauern. Mit angewinkelten Beinen ruhte er in Sarahs Nähe. Vom Fluss hörte man verhaltenes Plätschern und Murmeln, in den Ästen sangen Vögel. Ab und zu raschelte leiser Wind in Birkenblättern.

Zärtlich musterte Sarah Nestors Gesicht. Wie leicht sie sich fühlte, leicht und frei. Nestor und sie waren sich ganz nah in der feierlichen Stille. Und doch. Es blieb da eine letzte Reserviertheit von seiner Seite, eine letzte Distanz. *Kann man Menschen trauen?*

Sarah seufzte. Noch nie hatte sie Nestor schlafen sehen, richtig tief, so wie Miro und Leikna, die mit lang ausgestreckten Beinen im Gras lagen. Noch nie. Zu oft musste er früher erlebt haben, dass Menschen als Herdenführer unsicher waren. Schwankend. Launisch. Heute so, morgen so. Wie sollte er es als Fluchttier wagen, ihr, Sarah, die Kontrolle anzuvertrauen? Ihr, einem Menschen?

»Ich weiß, für dich bin ich eben noch nicht die Leitstute«, sagte Sarah halblaut und verstummte sogleich wieder. Rasch sah sie sich um. Wenn das jemand hörte! Der hielt sie für verrückt. Aber weit und breit war niemand zu sehen. Nur einige Hummeln summten hinter ihr und in der Eiche nebenan hämmerte ein Specht. »Du traust mir nicht zu, dass ich dich beschützen kann«, flüsterte sie sehr leise. »Hab ich recht, Nestor?«

Schläfrig stützte der Haflinger sein Kinn auf den Boden und blinzelte zu Sarah hinüber.

»Nur ein einziges Mal möchte ich dich richtig schlafen sehen«, fuhr sie sehnsüchtig fort. »So wie Miro und Leikna. Wann vertraust du mir bloß endgültig?«

Nestor ließ die Ohren ein wenig zur Seite fallen und schloss die Augenlider. Fast ganz . . .

Ein warmes Gefühl durchströmte Sarah. Wollte Nestor ihr zeigen, wie sehr er sich bemühte, ihren Traum zu erfüllen? Energisch räusperte sie sich. Unsinn, kein Pferd verstand menschliche Worte. Und trotzdem glaubte sie, dass Nestor an ihrem Tonfall hörte, was sie sagen wollte.

Eine leichte Windböe trieb Sarah den Duft von Heide und Kiefern und Kräutern in die Nase.

Schon früh um acht Uhr hatten sie heute im Sattel gesessen, um rechtzeitig an die Hunte zu gelangen. Wie gigantisch war der Tag bisher gewesen! Schon an der Bundesstraße hatte es gut begonnen. Wie cool Nestor die Fahrbahn überquert hatte, trotz der vielen blinkenden Autos in der Ferne. Entspannt war er hinter Miro hergetrottet.

Und danach der herrliche Ritt am Moor entlang. Diese Weite! Geheimnisvoller Horizont im Frühdunst. Rosa Glockenheide. Mystisch schimmernde Teiche. Mitten im Moor tauchten plötzlich diese Tümpel auf, von metallischem Glanz. Rätselhaft spiegelte sich der tintenblaue Sommerhimmel darin. Eine faszinierende Stille lag über der Landschaft. Nur dann und wann Grillenkonzerte. Ab und zu Frösche. Oder ein schriller Vogelruf. Urzeit-Stimmung.

Anna hatte gar nicht genug fotografieren können.

Hoffentlich kommt die geisterhafte Stimmung später auf den Abzügen rüber, dachte Sarah und blinzelte zu den trägen Wolken empor, die vereinzelt den Himmel betupften. Im Tagebuch hatte sie notiert:

Mir kommt es vor, als ob ich inzwischen selbst ein Teil der Landschaft geworden bin. Jeden Meter habe ich zusammen mit Nestor erobert. Wenn ich mir vorstelle, dass ich nächste Woche nicht mehr Weg für Weg mit Nestor unter die Hufe nehme ...

Sarah seufzte. Ihr fiel nichts ein, was ihr je zuvor ein ähnlich grandioses Gefühl vermittelt hatte. Ob Nestor dem Wanderritt auch hinterhertrauern würde?
Bestimmt. Denn auch er ließ sich offensichtlich von der Stimmung im Moor verzaubern. Auf den endlosen Wegen grummelte er vor sich hin, ging frisch und elastisch, kaute sogar – was selten vorkam – auf dem Gebiss. Seine Zügel trugen sich leicht wie Bindfäden. Lag diese Verwandlung ausschließlich an der Ruhe im Moor?, fragte Sarah sich. Oder auch ein bisschen an ihr? Hatte sie ein Licht in ihm angeknipst? Hatte er einfach mehr Vertrauen zu ihr?
Sie spähte zu den schlafenden Pferden hinüber. Miro schnarchte, die Augen weit geöffnet, im Traum zuckten seine Hufe. Sie musste lachen. Dieser Kerl! Der Freiberger ließ sich nie aus der Ruhe bringen. Sarah dachte daran, wie wertvoll Miro für ihre Truppe war. Jedes Mal, wenn sich etwas Neues und damit Aufregendes in der Landschaft auftat, musste der Freiberger Wallach vorneweg gehen. Jede Situation bewältigte er cool. Ein Kaltblut eben.
Und ohne Leikna ging es genauso wenig. Die kleine, starke Leikna, die alles, außer Wassersprengern, mit Fassung nahm.
Und natürlich Nestor. Ihr Nestor.
Sie waren ein Traumteam auf traumhafter Tour.
Die Reitwege in der Umgebung waren fantastisch. Sandig oder

mit Gras bewachsen. Sie zogen sich an Pferdeweiden entlang, an Siedlungen und alten Mühlen, manche führten ein Stück durch kühle Eichenwälder und vorbei an steinernen Hünengräbern.
Die ganze Woche waren ihnen nicht so viele Pferde begegnet wie heute. Reiter mit Hannoveranern, die man hier züchtete, und mit Fjordpferden. Hin und wieder auch Western- und Vielseitigkeitsreiter. Richtiges Pferdeland eben. An zahlreichen Feldwegen wiesen Schilder auf Reiterhöfe hin. Die Namen auf den Ortswegweisern kannte Sarah gut – Vechta, Diepholz, Wildeshausen. Nach der großen Rundtour waren sie nun wieder auf dem Weg nach Osnabrück.
Sarah streckte die Hand nach ihrem Pferd aus und strich mit dem Zeigefinger über die kleine, samtige Stelle zwischen seinen Nüstern. »Jetzt kann nichts mehr schiefgehen«, flüsterte sie und er antwortete mit einem zufriedenen Blubbern.

Ich habe es im Gefühl: Noch ein paar Tage und Nestor ist ein anderes Pferd. Wie viel ruhiger er schon geworden ist! Mama und Papa werden aus dem Staunen nicht herauskommen.

Von der Flussbiegung drang ausgelassenes Lachen herüber und gleichmäßiges Plätschern von Booten.
Sofort drehte Leikna den Kopf, streckte die Vorderbeine und stemmte sich hoch. Mit einem Ruck standen gleichzeitig auch Nestor und Miro auf. Sarah hatte alle Hände voll damit zu tun, die drei Stricke zu ergreifen und die Pferde anzubinden. Mit gespitzten Ohren und hoch aufgerichteten Köpfen spähten sie den Kanus entgegen.

»Was ist denn los?«, murmelte Leonie verschlafen.
Selbst Anna erwachte, Anna, die immer und überall eine Mütze Schlaf nehmen konnte. Gähnend reckte sie die Arme zum Himmel. »So gut habe ich noch nie geschlafen.«
Zügig näherten sich rote, schlanke Boote, die in der Sonne glänzten. In gelbe Schwimmwesten gezwängte Kinder, zwölf oder dreizehn Jahre alt, führten die Paddel.
Kerzengerade stellten sich Nestors Ohren auf, er blähte die Nüstern. Hellwach folgten seine Augen dem Boot, das sanft vorüberglitt. Doch er blieb ruhig stehen, geriet nicht in Panik. Er schien sich sicher zu fühlen.
»Fein gemacht, Nestor«, flüsterte Sarah und es kam ihr vor, als hätte *sie* soeben eine Prüfung bestanden – und nicht Nestor. Gut gelaunt winkte sie zum Fluss hinunter.
»Wollt ihr Schokolade? Die schmilzt uns hier glatt weg«, schrie ein Junge aus dem Boot und warf gezielt eine Tafel Schokolade auf die Uferböschung.
Erschreckt machten die Pferde einen Satz zur Seite und Nestor stieß einen lauten Schnorchellaut aus.
»Du bist wohl verrückt!« Im Kanu versetzte das Mädchen, das hinter dem Schokoladenjungen saß, dem Werfer einen Knuff in den Rücken. »Pferde sind Fluchttiere, du kannst ihnen doch nichts vor die Hufe werfen. Die rasten aus, Mann.«
»Was denn?«, hörte man den Jungen protestieren. »War doch voll nett von mir.«
Dann verschwanden die Stimmen hinter der nächsten Biegung.
Sarah seufzte erleichtert. Wie cool Nestor für seine Verhältnisse geblieben war! Zur Seite springen war normal, der Fluchtinstinkt eben. Aber danach hatte Nestor sich sofort wieder beru-

higt. Sie hob die Tafel auf und begann, die Schokolade zu verteilen. »Ausnahmsweise«, sagte Sarah und schob Nestor ein Stück ins Maul. »Als Nervennahrung.«

Die Pferde waren verrückt nach Schokolade. Mit weichen Lippen hoben sie die süßen Leckerbissen von Sarahs Handfläche und bewegten verzückt die schmelzenden Stücke im Maul. Leikna leckte sich die Lippen und wollte mehr.

»Na gut, du Bettelmaus.«

Sarah steckte Leikna ihre eigene Schokolade zu – und im selben Moment stockte ihr der Atem. Ungläubig starrte Sarah auf Leiknas Beine. Die Isländer Stute schonte das linke Vorderbein und stellte es nur auf der Hufspitze auf.

Eisiger Schreck durchfuhr Sarah. Hatte Leikna sich vertreten? Vorhin – beim Sprung zur Seite? Bloß das nicht. Sie forschte in Leiknas Gesicht. Das Pferd sah eigentlich nicht leidend aus.

Sarah schickte ein Stoßgebet zum Himmel. Bitte, lass Leikna nichts passiert sein. Lahmen konnte zwar relativ harmlos sein, ebenso gut war es aber möglich, dass eine Verletzung zugrunde lag. Jedenfalls war es schwer einzuschätzen.

Jetzt hatte es auch Leo bemerkt. Sie warf Sarah einen erschrockenen Blick zu, bevor sie sich neben ihre Stute kniete und das Bein sorgfältig abtastete.

»Nichts zu fühlen. Aber sieh doch, wie Leikna ihr Bein schont! Hoffentlich bedeutet das nicht . . . beobachte mal, wie sie geht, Sarah.«

Leo band ihre Stute los und führte sie ein Stück über die Grasböschung. »Geht Leikna klar?«

»Ich sehe nichts«, hörte Sarah sich sagen.

Sie sah wirklich nichts. Nein, da war nichts im Gangbild. Da

konnte einfach nichts sein. Leikna ging normal. Oder? Und wenn nicht, dann lag es sicher an der holprigen Grasfläche.
Dumpfes Rauschen machte sich in Sarahs Kopf breit. Himmel, was sage ich denn da?, schoss es ihr durch den Kopf. Ist doch genau zu sehen, dass Leikna nicht richtig auftritt. Wie war es nur möglich, dass der übermächtige Wunsch, den Ritt fortzusetzen, ihren Blick derartig verschleierte?
»Nein, sie geht nicht klar«, sagte sie schließlich.
Leonie starrte von Sarah zu Anna, die gerade vom Fluss zurückkam, wo sie sich Wasser ins Gesicht geklatscht hatte, um munter zu werden.
»Lahmt Leikna etwa?«, fragte sie sofort und Leo nickte bedrückt. »Verdammt«, stieß Anna hervor und fuhr sich durchs Haar. »Das erste Mal auf unserer Tour, dass ein Pferd lahmt.«
»Was machen wir denn jetzt?«, fragte Leo verzweifelt.
»Erst mal kühlen, damit es keinen Bluterguss gibt«, entschied Sarah und griff nach zwei Falteimern. »Denkt doch mal an Annas Knöchel. Wie gut hat die Kühlung da geholfen.«
Hastig rutschte Sarah die sanfte Böschung hinab, füllte die Eimer im Fluss und trug sie zu Leikna. Sie goss das Wasser langsam über das linke Bein der Stute. Leikna senkte den Kopf und verfolgte den Guss mit den Augen.
Inzwischen versuchte Anna vergebens, Tierärztin Ehrmann anzurufen. Danach ihre Schwester Karolin. Aber auch unter deren Nummer meldete sich niemand.
Beharrlich schleppte Sarah Eimer für Eimer aus der Hunte heran, regelrecht verbissen begoss sie Leiknas Bein. Die Isländer Stute stand ganz still. Man merkte ihr an, wie gut das Wasser ihr tat.

»Es hilft«, sagte Sarah hoffnungsvoll, als Leikna den Huf vorsichtig wieder aufsetzte.
»Und jetzt? Auch wenn es so aussieht, als ob alles in Ordnung ist – wir können doch nicht einfach weiterreiten!« Hilflos hob Leo die Schultern. »Auch, wenn es nur noch zwei Kilometer bis zu unserem Bauernhof sind. Ich traue mich nicht.«
Sarah nickte. »Kann ich gut verstehen.« Die ganze Zeit hatte sie schon überlegt, wie sie weiter vorgehen sollten. »Was wir brauchen, ist ein Fachmann. Einer, der beurteilen kann, ob Leikna klar geht.«
Anna schnippte mit den Fingern. »Wenn wir in dieser Reitergegend keinen finden, wo dann? Unten an der Straße standen überall Hinweisschilder von Reitställen. Mit Telefonnummern.«
Schon lief sie zum Wall, bahnte sich eine Schneise durch buschig verzweigte Birken und Brombeerranken und ließ sich daran zum darunter liegenden Fußweg hinab.
»Ich versuche, einen Reitlehrer zu erreichen, der sich Leikna anguckt.«
»Super Idee!«, rief Sarah und blickte Anna hoffnungsvoll hinterher. Den linken Fuß zog ihre Freundin immer noch nach, fiel ihr auf.
Es dauerte nicht lange, bis Anna atemlos zurückkam.
»Ich habe einen! Der reitet in einer Stunde mit einer Abteilung hier entlang. Wir sollen mit Leikna auf die Teerstraße kommen. Ob sie lahmt, sehe man nur auf festem Untergrund und im Trab. Er schickt eine SMS, sobald er losreitet.«
Wortlos drückte Leo ihre Freundin an sich.
Während sie alle auf den kurzen Piepton warteten, aßen sie

den Rest Schokolade und vermieden es krampfhaft, über das ungewisse Ende ihrer Reise zu reden.
Endlich, eine knappe Stunde später, piepte Annas Handy. Die ersehnte SMS:

bin in fünf Minuten auf der teerstraße

Leonie war ganz hibbelig, als sie Leikna am Führstrick zur Straße hinunterführte. Sarah begleitete sie, während Anna als Pferdewache zurückblieb.
Unterhalb des Walls harrten sie auf dem Schotterstreifen neben der leeren Straße aus. Von der Seite musterte Sarah die Freundin. So angespannt und nervös kannte sie Leo gar nicht.
Endlich klapperten Pferdehufe auf dem Asphalt. »Sie kommen«, sagte Sarah und peilte die Straße entlang. Eine geordnete Gruppe mit acht Reitern auf Braunen und Füchsen schwenkte nach rechts und parierte vor ihr zum Halten durch. Mit sportlicher Flanke sprang der Anfangsreiter, ein dünner, junger Mann im Polohemd, von seinem braunen Hannoveraner. Der Mann reichte Sarah die Zügel. »Hatten wir telefoniert? Halt ihn mal. Bist ja ein Profi, wenn ihr auf Wanderritt seid.«
Sarah nickte. Profi – wie das klang.
Ohne Zeit zu verlieren, kauerte der Reitlehrer sich neben Leikna.

Er hat uns ein fettes Lob gespendet. Er fand es sehr verantwortungsbewusst, dass wir nicht einfach weitergeritten sind. Aber ich konnte mich gar nicht darüber freuen, solange er nichts zu Leiknas Beinen sagte.

Routiniert tastete der Reitlehrer die Sehnen ab, dann schaute er aufmunternd zu den Mädchen hoch. »Das fühlt sich schon mal gut an. Nichts angelaufen.«
Aus den Augenwinkeln registrierte Sarah die wartenden Reiter, die sich interessiert aus den Sätteln lehnten, um die Sache zu verfolgen und ihre Kommentare abzugeben.
Der Reitlehrer erhob sich und strich Leikna kurz über den Hals. »Hm, ein Islandpferd. Viergänger? Fünfgänger? Trabt sie normal? Ich weiß nicht, ob ich das sonst beurteilen kann. Hab wenig Erfahrung mit Gangpferden.«
»Nicht?«, stotterte Leonie und blickte Sarah mit flackernden Augen an. Vor lauter Sorge um Leikna schien sie nicht richtig zuzuhören.
»Ja«, warf Sarah schnell ein. »Fünfgänger. Sie kann alles. Schritt, Trab, Tölt, Rennpass, Galopp.«
»Bestens.« Der Mann machte eine Handbewegung Richtung Straßenbiegung. »Lass deine Stute ein Stück traben, Mädchen. Oben wendest du sie und kommst im Trab auf mich zu. Führseil schön locker durchhängen lassen.«
Leo nickte und lief los, Leiknas Hufe klapperten neben ihr über die Straße. Der Reitlehrer legte den Kopf schief und beobachtete konzentriert Leiknas Gang. Wechselte von rechts und links über die Fahrbahn, schaute aus verschiedenen Blickwinkeln zu. Ängstlich forschte Sarah in seinem Gesicht. Erkannte er etwas Schlimmes?
Schnell atmend kam Leo mit Leikna zurück und blieb aufgeregt stehen. Mit bangem Hoffen suchte sie den Blick des Reitlehrers.
»Ich sehe keine Abweichung«, sagte er. »Klarer Zweitakt. Kein Lahmen, auch keine Nickbewegung.«

Er zuckte die Schultern. »Kommt schon mal vor, dass ein Pferd sich kurz vertritt, ohne große Folgen. Ihr habt wohl Mordsglück gehabt. Wie weit wollt ihr denn heute noch?«

»Nicht weit«, sagte Sarah. »Ungefähr zwei Kilometer.« Sie nannte den Namen des Bauern.

Der Reitlehrer griff nach seinen Zügeln und schwang sich auf den Braunen. »Reitet lieber heute nicht mehr, sondern führt eure Pferde. Zur Sicherheit. Länger als zwanzig bis dreißig Minuten seid ihr zu Fuß nicht unterwegs. Falls die Stute morgen früh nicht klar geht, müsst ihr aber einen Tierarzt holen, Mädels.«

Er wollte gerade anreiten, da fiel ihm noch etwas ein. »Habt ihr Salbe gegen Zerrungen dabei?«

Sarah nickte.

»Gut, tragt sie gleich auf. Alles Gute.«

»Klar, machen wir«, sagte Sarah. Sie winkte noch einmal, dann zog die Abteilung an ihr vorbei und bog in den nächsten Waldweg ein.

Anna jubelte, als Sarah und Leo mit der guten Nachricht auf den Rastplatz am Fluss zurückkehrten.

»Na bitte! Wie gut, dass ich die Salbe am Dümmer nicht für meinen Knöchel genommen habe«, sagte sie triumphierend und beförderte die große Tube aus der Erste-Hilfe-Tasche. »Jetzt brauchen wir sie wirklich dringend.«

14. Kapitel

Die Gäste hatten ganze Arbeit geleistet. Nicht nur am Eingang lagen Scherben, sondern über die gesamte Koppel verstreut. Natürlich konnten wir die Pferde nicht auf diese Weide stellen.

»Warum ich Leiknas Satteltaschen getragen habe? Papa! Ich lasse Leikna doch kein Gewicht schleppen, wenn sie sich vertreten hat.«

Sarah verdrehte die Augen und wechselte das Handy ans andere Ohr.

»Nein, ich habe nicht alles getragen. Den größten Teil von Leiknas Gepäck konnten wir an Miros Trekkingsattel festschnallen. Anna sagt, Freiberger sind stark, in der Schweiz gehen sie sogar als Packpferde bei der Armee.« Sie machte eine Pause und horchte den Ermahnungen ihres Vaters. »Sicher schauen wir genau, ob Leikna morgen lahmt. Was glaubst du denn? Tschau, Papa.«

Sarah schaltete ihr Handy ab und bugsierte es zurück in die Gürteltasche. »Scheinbar passiert anderen Wanderreitern nie etwas Ungeplantes«, sagte sie. »Wir haben doch eine Menge Artikel gelesen. Da lief immer alles glatt. Keine Mückenstiche, keine Gewitter, nichts.«

Anna hob die Achseln. »Die meisten Wanderreiter übernachten auf Reiterhöfen. Da haben sie alles. Richtige Schlafzimmer und für die Pferde Boxen und Futter. Dafür erleben die auch nicht so irre Sachen wie wir.«

»Na ja. Auf einige könnte ich gut verzichten«, sagte Sarah.

Heute haben wir in einem Resthof übernachtet, wir durften dort im Gästezimmer schlafen. Zum Abendessen gab es kalte Ravioli aus Dosen. Dabei haben wir uns gruselige Geschichten erzählt von Untoten und Irrlichtern und Moorleichen. Das half über die Ungewissheit hinweg, ob wir unseren Ritt doch noch wegen Leikna abbrechen mussten …

Am Morgen darauf, am Samstag, ließ Leo Leikna noch vor dem Frühstück auf dem gepflasterten Hof vortraben. Nervös verfolgten die Mädchen jeden Tritt, abwechselnd jede einmal. Aber so genau sie auch hinguckten – die Isländer Stute trabte völlig sauber. Trotzdem führten sie ihre Pferde zur Sicherheit zunächst ein Stück. Die Tagesstrecke war diesmal kurz und am Ziel wartete ohnehin niemand auf sie. Sie steuerten das Gehöft von Hein Sander an, auf dem die Hochzeit stattfand. Alle Leute vom Hof würden nachmittags im Gasthaus sitzen und feiern.
Leonie war völlig aufgedreht, weil Leikna wieder normal auftrat. »Ich konnte die ganze Nacht nicht schlafen«, bekannte sie, während sie die Pferde ins nächste Dorf führten. »Immerzu dachte ich, ihr müsst meinetwegen den Ritt abbrechen. So etwas macht einen fertig. Ich brauche jetzt Nervennahrung, sonst drehe ich durch. Pflaumenkuchen.«
Leonie zuliebe machten sie einen Abstecher zu einer Landbäckerei.

Die Bäckerin war total nett. Als sie unsere Pferde vor dem Schaufenster sah, hat sie uns spontan ein riesiges Netz mit hartem Brot geschenkt. Sie hatte als Kind selbst einen Haflinger, hat sie gesagt.

Ein großes Rosinenbrot hat sie uns auch mitgegeben. Und Butter zum Bestreichen. Nur den Pflaumenkuchen haben wir bezahlt.

Am späten Nachmittag, nachdem sie den Rest der Strecke geruhsam geritten hatten, erreichten sie ihr Ziel, ein altes, breites Niedersachsenhaus, das in einem ausgedehnten Garten mit Apfelbäumen stand. In langen Blumenbeeten leuchteten Rittersporn und Gladiolen, ein Farbenspiel in Blau und Weiß. Vor den Fenstern blühten Geranien und buschige Margeriten. In der Einfahrt hatte man zur Feier des Tages einen Torbogen aufgestellt, geschmückt mit grünen Tannengirlanden und einem bunten Schild: Gesa und Hendrik! Hoch lebe das Brautpaar!
»Hier sind wir richtig!«, lachte Sarah. Hoch zu Ross schwenkte die Truppe auf den menschenleeren Hof ein.
»Die sind alle ausgeflogen und feiern. Toll.« Anna war begeistert. Sie ritten an der umkränzten Eingangstür und Stapeln von grünen Silageballen vorbei auf die Scheune zu. »Das bedeutet sturmfreie Bude.«
Sie banden die Pferde an Pfählen fest, sattelten ab und suchten, beladen mit ihren Packtaschen, nach der alten Milchkammer, in der sie übernachten durften. »Die wird nicht mehr benutzt«, hatte Bauer Hein Sander am Telefon gesagt, »die Tür ist nicht abgeschlossen.« Nach kurzer Suche fanden sie die offen stehende Tür. Angenehm kühle Luft schlug ihnen aus dem hohen, gefliesten Raum entgegen. Aber wie sah es darin aus!

Alles lag voll mit weißen Porzellanscherben. Zerbrochene Teller, Tassen, Krüge, Schüsseln. Sogar ein halbes Waschbecken. Kreuz und quer auf dem Boden verstreut. Super Empfang!

»Das sieht nach Polterabend aus«, stöhnte Leonie. »Daran hat Herr Sander bestimmt nicht gedacht.«

»Ist doch nicht so wild«, sagte Anna. »Das kriegen wir wieder hin.«

Sie packten Taschen, Sättel und den Sack Brot in eine saubere Ecke und fegten die Scherben an die Wand, ehe sie ihre Isomatten auslegten.

Danach tränkten sie die Pferde und führten sie zur Weide, die direkt hinter den Scheunen begann. Aber als sie mit den Pferden vor dem Gattertor standen, traf sie fast der Schlag: Im Gras lagen Hunderte von weißen Porzellanscherben und dazwischen ausgetretene Zigarettenkippen.

»Oh nein! Offenbar ist der Polterabend hier weitergegangen«, stellte Sarah entgeistert fest.

»Und ausgerechnet heute ist niemand da, den wir fragen können, wo die nächste Weide ist«, schimpfte Leonie.

Unverrichteter Dinge drehten sie bei. Die Pferde sträubten sich energisch, sie hatten das Gras gesehen und zerrten an den Stricken, um wenigstens ein Maulvoll Grünzeug zu erhaschen.

»Das ist zu gefährlich, Nestor«, sagte Sarah streng und dirigierte ihn zum Hof zurück. »Wenn du einen Splitter verschluckst oder einen Zigarettenfilter, geht es dir dreckig. Ich besorge dir Futter, keine Sorge.«

Leonie lief los und umkurvte den gesamten Bauernhof, aber sie kehrte schulterzuckend zurück. »Nichts. Keine andere Weide«, sagte sie. »Nur Äcker und Stoppelfelder. Aber die Pferde müssen anständig fressen. Wenn kein Gras da ist, brauchen wir Heu.«

Neben der Bruchsteinmauer wucherte ein schmaler Streifen

Gras, eine Handbreit vielleicht, das genügte zwar für den ersten Hunger, aber satt wurden die Pferde davon nicht. Zur Not hatten sie noch den Sack mit hartem Brot.
Gemeinsam gingen sie mit ihren Pferden zum Grasen an die Mauer. »Besser als nichts«, sagt Leonie.
Als Sarah den Beutel mit Brot aus der Milchkammer holte, fiel ihr im Vorbeilaufen ein Fahrrad im offenen Geräteschuppen auf. Weil es nicht abgeschlossen war, nahm sie es mit und schob es zu ihren Freundinnen.
»Ob ich mir das leihen kann?«, fragte sie Leo und Anna. »Ich könnte damit ins Dorf fahren und versuchen, den Bauern aufzutreiben. Garantiert gibt es in diesem kleinen Nest nur ein Gasthaus, und das ist sicher geschmückt.«
»Super Idee«, sagte Leonie. »Nestor kann solange hierbleiben und grasen, ich halte seinen Strick.«

Suchend kurvte Sarah durch das menschenleere Dorf. An der Hauptstraße sprang ihr ein großes Gasthaus mit weiß gestrichenen Fenstern ins Auge. Der Parkplatz daneben stand bis zum letzten Fleck voller Autos. Auf einem Mercedes prangte ein Blumen-Arrangement aus zwei verschlungenen Ringen.
Über der Eingangstür hing eine Tannengirlande mit Seidenbändern und weißen Papierrosen. Davor erstreckte sich ein frisch gestreuter Teppich aus Blütenköpfen bis zur Straße.
Sarah stellte das Rad ab und berührte die Tannennadeln der duftenden Girlande. Wie fein die sich anfühlten. Die jungen Zweige wären exakt nach Nestors Geschmack.
Sarah drückte sich an die Außenwand und linste durchs Fenster. Drinnen feierten sie ausgelassen, alle in Abendkleidern und

schwarzen Anzügen. Sarah sah an sich herunter und zögerte. Schmutzige Reithose, verkrustete Schuhe, Chaps, an denen Kletten klebten. Sie fuhr sich über den Kopf. Die Haare hatten sich auch schon mal lockerer angefühlt. In diesem Aufzug in die Festgesellschaft platzen? Peinlich! Wie sah das aus – sie in Reitsachen und da drinnen alle fein aufgebrezelt?
Die große Eingangstür wurde aufgedrückt und sofort drang ein Schwall von Lärm und Musik auf den Bürgersteig. Sarah sprang zurück. Lachend stürmten zwei junge Männer in dunklen Anzügen heraus, im Schlepptau die Braut. Mit hochgezogenen Rockschößen lief sie auf einen schwarzen Golf zu, der vor dem Gasthaus stand.
Sie entführten die Braut, das war Sarah sofort klar. Ein alter Hochzeitsbrauch.

Die Braut war zum Verrücktwerden schön. Ganz in Weiß. Schulterfreies Kleid. Lange Handschuhe bis über die Ellenbogen. Satin, glaube ich. Irrsinniger Schleier, mit Glitzerblüten im Haar festgesteckt. Der absolute Wahnsinn. So möchte ich auch mal aussehen. Das heißt, sobald Hochzeiten zwischen Haflingern und Menschen erlaubt sind.

»Gesa Sander?«, rief Sarah spontan.
Verdutzt drehte die Braut sich um. Der jüngere der Männer riss die Autotür auf.
»Komm, Gesa, steig ein, bevor sie uns entdecken.«
Doch die Braut blieb stehen, als sie Sarahs Reitkleidung bemerkte. Erschrocken schlug sie die weiße Satinhand vor den Mund. »Unsere Wanderreiter! Und in der Milchkammer liegt noch das zerschlagene Porzellan!«

Sarah musste die Braut unentwegt anstarren. Überirdisch schön sah sie aus, Lichtjahre entfernt von Heu und Stroh und Pferdeäpfeln. Wie unpassend, sich in diesem Moment nach Raufutter zu erkundigen. Aber es ging nicht anders. Sarah räusperte sich.
»Das haben wir schon weggeräumt, kein Problem. Aber Ihre Weide liegt voller Scherben. Ich wollte bloß fragen, wohin wir die Pferde stellen können. Na ja ... wir haben auch kein Futter. Gibt es vielleicht Heu auf dem Hof?« Schnell setzte Sarah hinzu: »Natürlich bezahlen wir das.« Es sollte nicht aussehen, als ob sie schnorren wollte.
»Ach du Schreck! Welcher Trottel war denn da auf der Weide unterwegs?« Die Braut zupfte am Schleier. »Na, ist ja jetzt egal. Nehmt euch Heu vom Boden. Am besten geht ihr durchs Wohnhaus, alle anderen Türen sind von innen verriegelt.«
Sie beschrieb haargenau, wo der Schlüssel lag. »Vor dem großen Wohnzimmerfenster. Im zweiten Blumenkasten von rechts, neben den roten Geranien.«
»Gesa, los«, drängte der Fahrer und wedelte mit dem Schlüsselbund.
»Und wohin mit den Pferden?«, fragte Sarah hastig.
»Oh, ist mir das peinlich! Hab früher selber Wanderritte gemacht. Eine Katastrophe, wenn das Quartier nicht vorbereitet ist.« Die Braut überlegte kurz. »Zwischen den Scheunen findet ihr einen breiten Durchgang, Erde mit kurzem Gras, den Gang könnt ihr mit Sperrgittern absichern. Hinterm Haus stehen welche. Nehmt euch Stroh für eine Liegeecke.«
Jetzt verloren die Männer die Geduld. Sie zogen die Braut mitsamt Traumkleid auf den Rücksitz des Autos. Der weiße Satin wurde eilig hineingestopft. Tür zu und weg.

Aber Sarah war zufrieden. Sie wusste alles, was nötig war. Pfeifend radelte sie zum Hof zurück und reckte von Weitem triumphierend die Faust in den Himmel, als sie Anna und Leo mit den Pferden am Wegrand erspähte.

Nachdem sie den Durchgang bei den Scheunen sorgfältig mit Gittern abgesperrt und Stroh und Heu hineingeworfen hatten, gingen sie erneut mit den Pferden grasen, den ganzen Feldweg entlang, überall wo Gras wucherte. Erst als die scharfe Mondsichel am Himmel erschien und in der Dämmerung fast nichts mehr zu sehen war, brachten sie die Pferde ins Nachtquartier. Hundemüde fielen die Mädchen auf ihre Isomatten in der Milchkammer. Nur einmal wachte Sarah kurz auf, am frühen Morgen, als Autotüren klappten. Die Hochzeitsleute kamen zurück.

»Wollt ihr nicht bis morgen bleiben?«
Beim Sonntagsfrühstück, angerichtet auf einem Holzklotz vor der sonnenbeschienenen Hauswand, tauchte Gesa auf dem Hof auf. Die Braut von gestern sah wieder normal aus, mit Jeans und Bluse, das Haar zu einem Schwanz zusammengebunden. Hinter ihr auf der Treppe standen zwei Koffer.
»Eure Pferde sind doch gestern zu kurz gekommen. Ist mir immer noch peinlich. Mein Vater teilt euch ein Stück Weide ab, wo keine Scherben liegen. Hendrik und ich brechen gleich zur Hochzeitsreise auf. Mein Vater ist ganz allein, der freut sich, wenn jemand da ist.«
Die Mädchen wechselten rasche Blicke.
»Außerdem müsst ihr Papa beim Essen helfen«, sagte Gesa.

»Hier auf dem Land kriegt man die Reste des Hochzeitsessens mit nach Hause. Das schafft er nie allein. Na, wie ist es?«
»Nicht schlecht«, sagte Leonie. »Schon wegen Leiknas Bein. Ein Tag frei – da kann sie sich richtig erholen.«

9. Tag, Sonntag.
Wir haben unser geplantes Quartier abgesagt und machen uns einen faulen Tag! Wir durften Gesas Hochzeitskleid anprobieren. Wahnsinn! Eine nach der anderen! Das war vielleicht ein Gefühl! Uaaa!!! Die Fotos hauen unsere Eltern bestimmt um. Die Bilder lassen wir gigantisch vergrößern und hängen sie in den Stall. Übrigens wollen wir gleich die Scherben von der Weide absammeln, um uns bei Bauer Sander für den geschenkten Tag zu bedanken.

Mittags holte Hein Sander sie von der heißen Weide in die kühle, alte Stube. Dem Raum war anzumerken, dass er selten benutzt wurde. Nichts lag herum, alles stand geordnet an seinem Platz. In der Ecke tickte eine hohe Standuhr. Um einen wuchtigen Eichentisch standen acht schwarze, ernste Stühle mit hohen Rückenlehnen. Unwillkürlich senkten die Mädchen ihre Stimmen.
Anna durfte den Tisch mit goldgerändertem Porzellan decken.
»Dieser Tag gehört ja irgendwie noch zur Hochzeit«, meinte Bauer Sander.
Sie aßen unter einem breiten Ölgemälde, *Moor mit Wollgras*, an der langen Wand. Sie aßen und aßen und aßen, als hätten sie eine ganze Woche lang gefastet. Suppe. Klöße. Gulasch. Lammbraten. Zitronencreme. Pflaumenkuchen.
Sarah genoss es, so stilvoll zu essen. Zu Hause hatte sie den ge-

deckten Tisch nie wirklich wahrgenommen, fiel ihr auf. Dabei war es wirklich schön, so zusammenzusitzen.

»Da sind wir morgen«, sagte sie und zeigte mit der Kuchengabel auf das Gemälde. »Im Moor.«

15. Kapitel

10. Tag, Montag.
Eine merkwürdige Stimmung. Obwohl kein Windhauch ging, bewegten sich am Wegesrand federleichte Gräser und verwelkte Stängel. Dürre Halme wisperten. Schwarze Vögel flatterten stumm aus trockenem Gestrüpp auf.

Am Montagmorgen kamen die drei Freundinnen nicht so früh los, wie sie gedacht hatten. Denn als sie die Pferde von der Weide holten, fehlte Nestor ein Hufeisen. Sarah schlug sich erschrocken die Hand vor den Mund. »Das kann doch nicht wahr sein! Nestor braucht einen Schmied! Das ist ja schrecklich . . .«
Eine Zitterpartie. Das Hämmern, das Schmiedefeuer, der Geruch von verbranntem Horn konnten alles zunichte machen, was sie mühselig aufgebaut hatten.
Als Bauer Sander das Malheur mitbekam, verschwand er ins Haus und kam kurz darauf mit einem Telefonverzeichnis in der Hand zurück. »Ich könnte einen Hufschmied aus der Gegend anrufen. Ein alter Bekannter, der kommt mittags bestimmt schnell mal rüber. Ohne Eisen könnt ihr nicht weiterreiten.«
Aber Sarah zögerte. Wenn Bauer Sander wüsste . . . Er hatte ja keine Ahnung, wie Nestor sich beim ersten Beschlag aufgeführt hatte.

Soll ich einen fremden Schmied riskieren? Und wenn Nestor sich aufregt? Dann fangen wir wieder ganz von vorn an. Und das, wo Papa uns morgen abholt und Nestor verladen werden muss. Wenn er schlecht drauf ist, geht er wieder nicht auf den Hänger. Dann hört unser Ritt so furchtbar auf, wie er begann. Das darf auf keinen Fall geschehen, sonst war alles sinnlos.

»Was meint ihr?«, fragte sie Leo und Anna. Die beiden waren sich sofort einig: keinen Fremden!
»Wozu hat Eddy uns versprochen zu kommen, wenn ein Hufeisen fehlt?«, sagte Leonie. Der Schmied hatte ein großes Arbeitsgebiet, jeden Tag fuhr er weite Wege rund um Osnabrück, und obwohl sein Auftragsbuch voll war, ließ es seine Ehre nicht zu, dass ein von ihm beschlagener Huf durch einen Kollegen weiterbearbeitet werden sollte. Noch dazu bei einem Problempferd. Kurzerhand rief Sarah Eddy an.
»Das alte Eisen kann ich sicher kalt aufnageln«, meinte Eddy am Telefon. »Sucht die Weide danach ab. Kalter Beschlag geht am schnellsten. Und dein Pferd hat gar keine Zeit, sich aufzuregen. Fünf Pferde stehen aber noch vor Nestor auf dem Zettel.«
Es dauerte schließlich gut drei Stunden, bis der Schmied mit seiner fahrbaren Werkstatt auf den Hof rollte. Das Hufeisen hatte Sarah tatsächlich im Gras gefunden.
Nestor sah dem kräftigen Mann mit wachen Augen entgegen, misstrauisch zwar, aber er machte keine Faxen, als Sarah ihn am Abbindering in der Hauswand festband.
»Wie läuft es denn, Mädels?«, fragte der Schmied und begrüßte Nestor mit einem kurzen Tätscheln. Als der ohne Anzeichen von Angst stehen blieb, nickte Eddy zufrieden. Sarah reichte ihm das Eisen und Eddy zog die vorstehenden Nägel heraus. »Kommt mir vor, als ob wir seit zehn Jahren unterwegs sind. Dabei waren es nur zehn Tage.«

Der Schmied nickte. »Kenne ich von meinen Motorradtouren.« Er gab seinem Assistenten ein Zeichen, Nestors Bein anzuheben. »Kalter Beschlag ist natürlich nur ein Kompromiss«, sagte er, während er sich über den Huf beugte und das alte Eisen routiniert mit einigen Hammerschlägen aufnagelte. Nestor stand angespannt, aber ruhig auf seinem Platz. Die ganze Zeit lehnte er seine Nase an Sarahs Schulter.

»Für den letzten Tag reicht es. Ihr seid ja morgen wieder zu Hause.« Der Schmied setzte den Huf ab und richtete sich auf. »Schon erledigt.« Beifällig nickte er Sarah zu. »Also, dass dieser Kerl derselbe ist, der mich im Frühjahr über den halben Hof gezerrt hat . . . kaum zu glauben. Wie hast du das gemacht?« Kopfschüttelnd nahm er die Lederschürze ab und packte sie mit Bock und Werkzeugkasten in seinen Transporter.

»Das war nicht ich«, sagte Sarah stolz und deutete mit dem Kopf auf Anna, Leonie und ihre Pferde. »*Wir* haben das geschafft. *Wir alle.*«

Während der gesamten Tour waren sie nicht so spät losgeritten wie an diesem letzten Montag. Sarah hatte kaum Zeit, sich über Nestors grandiosen Erfolg zu freuen. Wie entspannt er den Schmiedbesuch weggesteckt hatte!

»Teufel, schon zwei«, stellte sie nach einem Blick auf die Uhr fest, als der Reitertrupp das große Moorgebiet erreichte. »Hier wollten wir eigentlich gegen elf Uhr ankommen!« Endlos führte die Straße geradeaus, abgesackte Erde hatte den Asphalt aufgerissen und Bodenwellen in die Fahrbahn gedrückt. Am Straßenrand standen kaum Bäume, abgesehen von einigen hohen Ebereschen mit halb reifen Vogelbeeren.

»Wird höllisch knapp, vor dem Berufsverkehr an Diepholz vorbeizukommen«, sagte Anna mit gerunzelter Stirn. »Was heißt knapp – die Wahrheit ist, wir können es gar nicht mehr schaffen. Wir geraten mitten in die Rushhour.«
»Nur das nicht! Bitte kein Risiko mehr«, sagte Sarah und verzog das Gesicht. »Wir wollen doch nicht alles aufs Spiel setzen, was der Wanderritt erreicht hat. Ich meine, für Nestors Seele.«
Anna stimmte sofort zu. »Der Hufbeschlag war brisant genug. Mehr sollten wir Nestor heute nicht zumuten.«
Dankbar sah Sarah ihre Freundin an. Es war schön, zu wissen, dass alle am selben Strang zogen – jede von ihnen wusste, wie viel davon abhing, dass der Wanderritt mit einer positiven Erfahrung für Nestor abschloss. Aber wie sollte das gehen, wenn sie jetzt dermaßen unter Zeitdruck standen?
Leonie hob die Hand und zog die Landkarte aus dem Schuber. »Stoppt mal, wir planen um.«
Während Leo und Anna die Köpfe über dem Plan zusammensteckten, versuchte Sarah, sich an den Himmelsrichtungen zu orientieren. In der Ferne machte sie etwas Verschwommenes aus, das wie ein Weg aussah. Sie deutete auf den undeutlichen Strich.
»Wenn der Weg dort drüben quer durchs Moor führt, so wie es aussieht, sparen wir einen Haufen Zeit. Und über die Landstraße müssen wir dann überhaupt nicht mehr. Das wäre die geniale Abkürzung.«
Leonie nickte zustimmend. »Ja, das wäre nicht nur für Nestor gut. Auch für Leiknas Beine. Das ist sicher guter Boden. Sollen wir?«
Da nirgendwo Verbotstafeln standen und die Wege zuverläs-

sig aussahen, bogen sie bei der nächsten Abzweigung auf einen Pfad ein, der am Torfgebiet vorbei ins Herz des Moores führte. Und – wie Sarah hoffte – mitten hindurch auf die andere Seite.

Die Pferde griffen frisch aus. Wie schwarzer Samt lag der Weg vor ihnen, flankiert von Entwässerungsgräben, schmal und schnurgerade, wie mit dem Lineal gezogen. Obwohl kein Wind ging, schwankten die federleichten Gräser an der Böschung.

In einiger Entfernung wurde Torf abgebaut und die Luft war klar genug dafür, die Arbeiten zu verfolgen.

Auf einem ausgedehnten Abbaufeld holte ein gelber Raupenbagger mit stählernen Grabzähnen Torf heraus, den er auf die Fläche warf, wo die Ernte zum Trocknen liegen blieb. Weiter zur Straße hin verlief ein schmales Gleis, über das eine kleine grüne Lok mit einem Schwanz an Waggons zum Torfwerk ratterte.

Sarah rief Anna und Leo zu: »Wenn nicht mal dieser mordsschwere Bagger einsinkt, kann unseren Pferden auch nichts passieren. Das Stahlmonster dort drüben wiegt doch garantiert mehr als zwanzig Pferde.«

Ohne sich umzudrehen, reckte Leo einen Arm mit hochgerecktem Daumen nach oben.

Hoch am Himmel zog ein Geschwader schreiender Vögel vorüber. Der wilde Zug verschwand mit heiserem, ersterbendem Klageruf.

Sarah schaute dem Vogelverband nach. Irgendwie passte der unheimliche Zug nicht in diesen sommerlichen Tag und sie strich ihn gleich aus ihrem Gedächtnis. Am letzten Reittag wollte sie Genuss pur. Anna hielt an, um einen Schluck zu trinken, und Sarah nutzte die Gelegenheit, ihr Tagebuch aus der Tasche zu ziehen.

Diese Stille! Sie wird mir am meisten im Gedächtnis bleiben. Nestor sicher auch. Unser Wanderritt ist fast zu Ende und Nestor geht tausendmal gelassener als vorher. Ich freu mich riesig auf die Ausritte mit ihm zu Hause!!! Himmel, was wird das für ein Gefühl sein, nicht mehr ständig auf einem Pulverfass zu reiten …

Der Boden federte unter dem Gewicht der Pferde und der Torf verschluckte fast jedes Geräusch. Manchmal war der gelbe Raupenbagger überhaupt nicht zu hören, mitunter aber, wenn er beschleunigte, hörte man die Ketten in den Gelenken klappern.

Nach kurzer Zeit verbreiterte sich der Pfad und sie konnten bequem zu dritt nebeneinanderreiten, bis ein Querbalken ihnen den Weg versperrte. Ein grün umrandetes, dreieckiges Schild verkündete: *Naturschutzgebiet – Durchgang verboten.*

»Na toll, das war es also«, sagte Anna seufzend. »Wahrscheinlich brüten dort seltene Moorhühner oder irgendwelche Urweltschnepfen und nur Vogelschützer dürfen hinein.«

Sarah beugte sich aus dem Sattel und begutachtete den Landstrich, der vor ihr lag. »Da steht: Durchgang verboten«, sagte sie dann. »Nicht: *Durchritt* verboten.«

Nachdenklich wiegte Leonie den Kopf. Sie schien unsicher zu sein, aber ihre grünen Augen blitzten unternehmungslustig, als sie fragte: »Und wenn uns jemand erwischt?«

Sarah winkte ab. »Wir randalieren ja nicht. Außerdem haben

wir einen guten Grund für den Schleichweg. War ja sozusagen ein Notfall – weil wir auf das blöde Hufeisen warten mussten. Außerdem sind Pferde doch wohl auch ein Stück Natur, oder?«
»Ein Stück Natur.« Anna feixte. »Ganz genau.«
Sie lenkten ihre Pferde an der Barriere vorbei, Leikna ging in der Mitte. Sarah ritt links neben ihr, Anna rechts.
Allmählich baute sich zu beiden Seiten eine dschungelartige, undurchdringliche Landschaft auf. Niedriges Gesträuch, das alles Leben überwucherte. Abgebrochene Äste, ineinander verkeilt. Mittendrin schimmernde, flache Moortümpel, aus denen abgestorbene Stämme in den Himmel ragten. Ein Fischreiher stolzierte umher, in Zeitlupe, und suchte nach Futter. Zwischen verdorrten Zweigen hatten Spinnen ihre Netze gewebt. Trommelserien von Spechten drangen aus morschen Bäumen.
Eine seltsame Wehmut ergriff Sarah. Eine unbekannte Melancholie. Ein Gefühl, das sie unbedingt später im Tagebuch festhalten wollte.

Durch so eine schöne Landschaft bin ich noch nie geritten. Wie eine Zauberwelt. Total verwunschen. So unwirklich, dass ich mich kneifen muss, um sicher zu sein, dass ich nicht träume.

»Stellt euch mal vor, wir versinken im Moor«, sagte Leonie plötzlich mit Grabesstimme und schüttelte sich vor Grausen. »Und irgendwer findet uns in zweitausend Jahren und glaubt, wir sind Opfergaben, die man in den glucksenden Morast geworfen hat.«
»Ja, einen Blick in die Zukunft müsste man werfen können«, antwortete Sarah versonnen. Sie tat sich schwer, wieder in der Ge-

genwart anzukommen. Gedankenverloren strich sie über Nestors blonde Mähne. »Kann mir gut die Gesichter der Leute vorstellen, die uns im Jahr 4000 ausbuddeln. Jedenfalls sieht jeder, dass Nestor und ich ein Traumpaar waren. Vielleicht gibt es dann sogar noch Zeitungen – und wir sind die Attraktion: *Rätsel um geheimnisvolles Paar im Moor.*«

Nun musste Sarah sich aber doch schütteln. »Ach nein, das ist zu schaurig. Aber daran denken kann man ja mal . . .«

»Denk lieber daran, auf den Weg zu achten«, sagte Anna. »Übrigens dachte ich, richtiges Moor sieht schwarzbraun aus. Eine Art nasse Schwabbelmasse. Nicht so viel Baumreste und Gestrüpp und Wasser. Dieses sogenannte Moor wirkt irgendwie nicht so, als ob man als Moorleiche endet, sobald man vom Weg abkommt.«

Sie lenkte Miro einen Schritt zur Seite, wo eine Handbreit Wasser über dem Boden stand. Mit hochgezogenen Beinen ging der Wallach hindurch. Für Sarah sah es so aus, als ob Miro verhalten schritt. Unwilliger als sonst. Oder bildete sie sich das ein?

»Seht ihr? Die Sache mit dem Moor wird maßlos übertrieben«, sagte Anna. »Hier sinkt nichts ein. Ihr seht ja, ich kann überall astrein reiten. Übrigens bin ich dafür, dass wir noch einmal auf den Plan gucken. Falls gleich eine Abzweigung nach links kommt, sollten wir die nehmen, wenn mich mein Orientierungssinn nicht täuscht.«

Sie hielten an und Sarah und Anna stellten ihre Pferde quer, um einen besseren Blick auf Leos Karte zu haben. Plötzlich begann Miro unruhig zu trampeln. Sarah blickte auf und erstarrte, als sie den Grund dafür erkannte. »Anna«, schrie sie. »Miro sackt hinten ein. Treib ihn! Treib ihn! Er muss raus.«

Anna reagierte sofort. Heftig drückte sie die Waden ans Pferd und feuerte es an.
»Los, los . . . komm . . . raus da, Miro«, schrien Sarah und Leo durcheinander. Der Freiberger schien völlig irritiert, er war es nicht gewöhnt, angeschrien zu werden. Zweimal setzte er an, mit aller Kraft – und dann stand er wieder auf dem rettenden Weg. Miro schüttelte den Kopf und prustete. Man merkte ihm den überstandenen Schrecken und die Erleichterung an.
Auch den Mädchen war der Schreck in die Glieder gefahren.
»Wie sagtest du doch so treffend, Anna?«, fragte Sarah. Sie grinste, obwohl ihr das Herz noch bis zum Hals schlug. »Die Sache mit dem Moor wird maßlos übertrieben?«
»Hör bloß auf«, entgegnete Anna atemlos. Ihr Blick flackerte noch.
Sekunden später stieß Nestor einen gellenden Schreckenslaut aus. In Panik riss er den Kopf hoch und gleichzeitig spürte Sarah, wie sein Hinterteil nachgab. Wie ein Blitz fuhr ihr der Schreck durch den Körper.
»Nestor! Er sinkt auch ein. Hinten!«, schrie Leonie da schon mit überschlagender Stimme.
»Oh Gott!« Entsetzt trieb Sarah ihr Pferd an, hämmerte mit den Beinen gegen seinen Bauch. »Raus Nestor, raus.« Sie rammte ihm ihre Absätze in die Seite, immer und immer wieder. Tut mir so leid, Nestor, dachte sie verzweifelt, es muss sein, du musst raus hier.
Sarah fühlte, wie Nestor versuchte, sich mit der Kraft seiner Hinterhand abzudrücken, aber da war kein Gegendruck unter den Hufen, nur nachgiebiger, weicher Boden. Verrückt vor Angst, versuchte er sich freizukämpfen, aber im Nu waren die Beine bis zu den Sprunggelenken eingesackt.

Anna und Leo schrien und gestikulierten, aber Nestor steckte schon zu tief im tückischen Moor. Er schaffte es nicht mehr aus eigener Kraft, sich zu befreien.
Sarah sprang von seinem Rücken ins flache Wasser. Unter ihr federte der Boden, aber sie konnte stehen. Hektisch nahm sie die Zügel von Nestors Hals. Verzweifelt versuchte sie zu ziehen, ein Reflex, obwohl sie wusste, dass es sinnlos war, ja völlig falsch.
»Tut doch was!«, schrie Sarah außer sich vor Angst. »Nestor geht unter!«
Leonie fackelte nicht lange. »Wir schaffen das nicht allein.«
Mit fahrigen Fingern zog sie das Handy aus der Hosentasche und tippte 112 ein.
»Notruf! Bitte, Sie müssen die Feuerwehr schicken! Schnell! Ein Pferd steckt im Moor fest. Ja, das Große Moor meine ich. Straße zum Torfwerk. Wo der Bagger arbeitet, geht an der Ecke ein Weg rein. Wir sind ein Stück hinter dem grünen Dreiecksschild. Ja, im Naturschutzgebiet. Wie viele? Drei Reiter. Gut, machen wir.«
Leo, dachte Sarah in einem winzigen Winkel ihres Kopfes, der nicht völlig blockiert war. Liebe, liebe Leonie, das vergesse ich dir nie, dass du so schnell handelst.
»Die Feuerwehr ist gleich da.« Wie durch Watte drang Leonies Stimme zu Sarah vor, aber sie nahm den Sinn der Worte gar nicht auf. Es war so grauenvoll, Nestor zu sehen, wie er in seinem Gefängnis aus Sumpf und Morast kämpfte. Voller Verzweiflung ruderte Nestor mit den Beinen. Aber je mehr er arbeitete, desto tiefer sank er ein.
Einen kurzen Augenblick lang stieg das Bild einer Moorleiche

vor ihrem inneren Auge auf, gegerbt wie Leder und mit rot verfärbten Haaren. Entsetzt vertrieb Sarah das Gespenst aus ihrem Kopf.

»Ruhig«, raunte sie verzweifelt. »Ruhig, ruhig, ruhig.«

Dabei raste ihr eigener Puls. Sie war alles andere als ruhig. Mit jeder Minute wurde die Lage bedrohlicher. Unter der Wucht des Schocks verkrampften sich Sarahs Muskeln. Als ob sie in einem eisernen Panzer steckte, der ihre Rippen zusammenpresste. Jeder einzelne Knochen tat weh. Es kam ihr vor, als kämpfte sie selber um ihr Leben. Ihre Zähne schlugen aufeinander, sie fror und schwitzte zur selben Zeit. Nestor so leiden zu sehen, zerriss ihr fast das Herz.

Sarah durchlitt die qualvollsten Minuten ihres Lebens.

Dann war da wieder Leonies Stimme, eindringlich, beschwörend. »Sie holen Nestor raus, Sarah! Die Feuerwehr hat ein Hebegeschirr für Tiere. Hör zu, Sarah: Anna und ich müssen jetzt mit den Pferden auf und ab gehen. Wenn sie still stehen, sagt der Polizist, sinken Leikna und Miro auch ein. Die Hufe würden sich regelrecht festsaugen.«

»Ja«, hörte Sarah sich flüstern. »Hebegeschirr.«

Ihr Herz klammerte sich nur an dieses eine Wort: Hebegeschirr.

Wenn Nestor mit den Beinen arbeitete, seufzte der Boden. Unheimliche, leise Laute. Unaufhörlich sank das Pferd tiefer ein. Sarah zerrte an ihrem Reithelm, er saß zu eng. Ihr Schädel drohte zu platzen. Sumpffliegen umkreisten Nestors Kopf, als wollten sie ihn verhöhnen, als wüssten sie, dass er keine Kraft hatte, sie zu verscheuchen.

Sarah wurde es schwarz vor Augen.

Sie hatte Nestor doch den Glauben an die Menschen zurückgeben wollen. Musste sie nun machtlos mit ansehen, wie er unterging?

16. Kapitel

Angst waberte in der Luft wie ein Gespenst.

In den ersten Minuten hatten sie sich gegenseitig Mut gemacht, aber dann hatte Sarah angefangen, wie ein gefangenes Tier vor Nestor auf und ab zu laufen, während Anna und Leonie mit ihren Pferden respektvollen Abstand zu dem gefährlichen Sumpfloch hielten. Von Nestors Maul tropfte Schaum, die Nüstern bebten. Seine verzweifelten Versuche, freizukommen, hatte er völlig erschöpft eingestellt.

Bange lauschten die Mädchen in die Ferne und sehnten die Feuerwehr herbei.

Anna war die Erste, die sie hörte.

»Sie kommen!«, rief sie aufgeregt und blieb mit Miro stehen. »Sie kommen.«

Sarah ballte die Hände zu Fäusten, bis die Fingernägel ihr ins Fleisch schnitten. »Die schaffen es, die holen Nestor raus.«

In der Ferne hörte man schwere Wagen rangieren und kurze Zeit später hetzte ein Trupp Männer in schwarzen Uniformen herbei. Einige trugen zusammengelegte Schläuche, Spaten, breite Gurte.

In Todesangst schlug Nestor mit dem Kopf und verdrehte die Augen, als die dunklen Männer auf ihn zuliefen.

»Langsamer«, rief einer der Rettungsleute, ein junger, groß gewachsener Feuerwehrmann. Mit ruhigen Schritten übernahm er die Spitze und strebte auf Sarah und Nestor zu.

Mit einem Blick schien er den Ernst der Lage zu erkennen. »Ich reite selber«, sagte er. »Meine Eltern haben eine kleine Zucht, hier in der Nähe. Kenne mich ziemlich gut mit Pferden aus. Ich bin Christian.«

Keuchend rang Nestor um Luft. Hals und Brust waren dunkel von Schweiß. Wie angepappt klebte die nasse Mähne am Fell.

»Dein Pferd?«, fragte der Feuerwehrmann.

Sarah nickte nur. Ihre Kehle war wie zugeschnürt.

»Ein Tierarzt kommt auch gleich«, sagte der Rettungsmann. »Mit einer Beruhigungsspritze für dein Pferd.«

Zuversicht glimmte in Sarah auf. Die Feuerwehr verhieß Hoffnung. Dieser Christian wirkte so zupackend. Ganz sicher würde er Nestor befreien.

Aber was wird danach, bohrte eine Stimme in ihr, wenn sie Nestor aus dem Moor gezogen haben? Kann Nestor mir je wieder vertrauen? Einem Menschen, der ihn in größter Todesangst im Stich gelassen hat? Nein. Unmöglich.

Auf einmal wurde Sarah etwas Ungeheuerliches klar: Sie würde Nestor hergeben müssen. Verkaufen. An einen unbelasteten Reiter. Es war besser für ihn. Wie würde ihr Leben aussehen ohne Nestor? Sinnlos und leer. Aber Sarah sah keine andere Lösung. Nach diesem Schock brauchte Nestor einen Neuanfang. Nie mehr würde er ihr trauen. Nie mehr. In Sarahs Kopf fuhren die Gedanken Karussell, während sie überwältigt von Schmerz und Angst vor ihrem Pferd stand.

Eine zweite Uniform trat auf Christian zu. Aus den Augenwinkeln erkannte Sarah das Wort *Wehrführer* auf der Jacke.

»Aussichtslos«, hörte sie ihn zu Christian sagen. »Unsere schweren Fahrzeuge kommen hier nicht durch. Und mit den Schläuchen kriegen wir das Pferd nicht mehr raus, der Kerl steckt ja schon bis zum Bauch im Moor.«

Sarah spürte, wie ihr fast die Beine wegknickten. Aus. Alles war aus. Sie konnte nicht einmal weinen.
»Was?«, schrie Leonie, die Leikna in diesem Moment vorbeiführte und alles mitbekommen hatte. »Aber Sie *müssen* Nestor retten. Sie müssen.«
Sarah sagte gar nichts. Ihre Augenlider zuckten heftig. Nestor würde sterben. Die Feuerwehr konnte ihn nicht retten. Gnadenlos und gierig griff das Moor nach ihrem Pferd. Nach ihrem besten Freund.
»Wir bräuchten ein geländegängiges Fahrzeug. Gibt es so etwas in der Nähe?«, hörte Sarah den Wehrführer fragen und gleich darauf gab Christian die Antwort. »Der Raupenbagger! Drüben im Torfabbau. Ich stelle Kontakt über das Torfwerk her.«
Er führte die Gespräche professionell, schnell und kurz. Dann legte Christian Sarah eine Hand auf die Schulter. Seine Stimme klang zuversichtlich: »Der Bagger ist unterwegs. Weißt du, diese Moor-Bagger haben extrem breite Laufketten, damit liegen sie sicher auf. Wir graben dein Pferd inzwischen frei, damit wir das Hebegeschirr anbringen können. Der Bagger zieht deinen Nestor heraus.«
»Können Sie selbst denn nicht einsinken?«, fragte Anna nervös. Sie ging mit Miro am Zügel auf und ab. Der Freiberger, normalerweise ein Ausbund an Gelassenheit, schien die allgemeine Anspannung zu spüren, denn er griff nicht weit aus wie sonst, sondern tippelte herum, versuchte, mit ständig spielenden Ohren die Situation einzuordnen. Ab und zu wieherte er nach seinem Freund, der so jämmerlich feststeckte.
»Doch, einsinken können wir auch. Aber nur, wenn wir zu lange auf einer Stelle stehen. Man muss ständig in Bewegung bleiben.«

Als die Feuerwehrleute mit Spaten und Schaufeln vorsichtig in Nestors Nähe rückten, ging sein Atem abgehackt und stoßweise. Seine Nerven waren bis zum Äußersten gespannt.

»Der Tierarzt ist noch nicht da«, sagte Christian zu Sarah. »Jetzt kommt es auf dich an.« Er schüttelte sie, damit Sarah, die völlig erstarrt war, wieder zu Sinnen kam. »Wir tun alles, was technisch möglich ist, aber nur du kannst dein Pferd beruhigen. Nur du. Du musst stark sein für ihn. Dein Pferd muss unerschütterlich daran glauben, dass du es retten kannst. Hörst du?«

Sarah nickte mechanisch.

Nestor hatte sich lahm gestrampelt. Er konnte nicht mehr. Hatte er sich schon aufgegeben?

Sarah beugte sich zu Nestor vor, nahm behutsam seinen Kopf in die Hände und flüsterte ihm Worte zu, die ihr gerade einfielen. Sarah wusste gar nicht, was sie redete, es war ihr auch gleichgültig. Jetzt kam es nur darauf an, ihrem Pferd Hoffnung zu geben. Konnte sie ihn erreichen in seiner Welt, die keine Worte verstand?

Ja, sie wollte stark sein, stark genug für zwei. Sie würde Nestor überzeugen, dass alles gut ausgehen würde, solange er nur in ihrer Nähe war.

Neben dem Pferd begann ein Dutzend Rettungsmänner damit, blitzende Spaten in den Moorboden zu stechen, schweigend, kraftvoll. Mit einem letzten Aufbäumen versuchte Nestor, die Bewegungen der schwarzen Uniformen zu verfolgen. Ein Fluchttier, am Fliehen gehindert, von allen Seiten eingekesselt – es musste die Hölle für ihn sein.

Plötzlich wusste Sarah, was zu tun war. Behutsam legte sie ihre Hände über Nestors Augen. Sie fühlte selber, wie kalt ihre Finger waren, trotz der Wärme. So kalt waren sie nicht mal beim Ausritt im Winter gewesen, nicht mal bei zehn Grad minus, so tief eisig bis ins Innerste, bis auf die Knochen kalt. Aber diese Hände taugten dazu, Nestors Augen zu kühlen und sie vor der angsteinflößenden Hektik um ihn herum abzuschirmen.

Und da passierte etwas Wunderbares.

Nestor hörte auf, gegen das Moor zu kämpfen. Mit kurzem, fliegendem Atem verharrte er. Dann stieß er einen Seufzer aus und ließ seinen Kopf schwer auf Sarahs Schulter sinken.

In diesem Augenblick, als Nestor mit seinen Kräften am Ende war, als es kein Entrinnen gab, als er den Tod vor Augen hatte – da vertraute er Sarah sein Leben an.

Sie wusste nicht, wie ihr geschah. Zwei Jahre hatte sie auf einen Vertrauensbeweis gewartet. Immer wieder hatte sie sich den Moment ausgemalt, überlegt, ob sie weinen oder lachen würde. Aber nun, als die Situation da war, war nicht der Moment, sich vorbehaltlos zu freuen. Noch war alles offen. Noch stand nicht fest, ob es ein glückliches Ende geben würde.

Nestors pustender Atem beruhigte sich etwas. Sarah merkte, wie ihr jemand eine Decke auf die Schulter legte. Irritiert blickte sie sich um und sah Leuchtstreifen auf schwarzer Uniform. Und Christians Gesicht unter gelbem Schutzhelm.

»Siehst du?« Der Feuerwehrmann lächelte aufmunternd. »Du hast es geschafft. Für dein Pferd bist du der Mittelpunkt der Welt. Jetzt leg ihm vorsichtig die Decke über den Kopf, der Bagger kommt an. Das wird wieder stressig. Außerdem kannst du nicht länger hier stehen bleiben, deine Schuhe sind schon halb im Morast versunken.«

Es gab einen schmatzenden Laut, als Sarah ihre Füße anhob.

Wie schrecklich musste es für Nestor sein, so ohnmächtig festzustecken.
Christian half ihr, die leichte Decke über Nestors Kopf zu legen, um die Unruhe ringsherum vor ihm abzuschirmen. Widerstandslos nahm das Pferd es hin.
Inzwischen hatten die Feuerwehrmänner ganze Arbeit geleistet. Rings um Nestors Körper hatten sie eine breite Schneise in den Moorboden gegraben. Nasse schwarze Brocken häuften sich an den Seiten. Christian hatte dem Pferd Packtaschen und Sattel abgenommen und auf den Weg gelegt. Nun mühten die Feuerwehrleute sich damit ab, das Hebegeschirr unter Nestors Bauch zu schieben. Aber das erwies sich als schwierig.
Sarah wusste nicht, wohin sie zuerst gucken sollte. Am Ende des Wegs tauchte der Raupenbagger auf, ein gelbes Ungetüm, das die gesamte Breite zwischen Tümpeln und Gestrüpp einnahm. Leise klapperten die beweglichen Platten der Laufketten, als das wuchtige Gerät näher ruckelte.
Sarah starrte ihm entgegen, dem stählernen Ungeheuer in Gelb und Grau. Nein, kein Ungeheuer. Den Bagger sandte der Himmel. Ein Engel aus Eisen.
Der Bagger hielt an und aus der Glaskabine kletterte eilig ein mittelgroßer Mann, gelber Overall, Baseballkappe, in der Hand einen stabilen Draht.
»Werner«, sagte er knapp und hielt den Draht hoch. »Den habe ich aus dem Einsatzwagen besorgt. Ohne den Draht geht nichts im Moor. Bindet ein Seil daran und knotet das Hebegeschirr an das Seil. Anders kommt ihr nicht unterm Bauch durch. Gebt her das Ding, ich zeig's euch.«
Während Werner den Feuerwehrleuten zur Hand ging, erzählte

er über die Schulter: »Früher sanken jeden Tag Pferde im Moor ein. Mein Opa hat mir immer wieder davon erzählt, wie damals die Arbeitspferde gerettet wurden. Das habe ich nie vergessen. So, es kann losgehen.«
Christian führte den Draht geschickt unter Nestors Bauch hindurch. Auf der anderen Seite griffen viele Hände danach und mit vereinten Kräften wurde das Hebegeschirr unter Nestor durchgezogen und um Brust und Bauch befestigt. Die ganze Zeit stand Sarah neben Nestors verhülltem Kopf und redete ihm beruhigend zu.
»Sieht gut aus«, sagte Werner und kletterte auf den Bagger.
Sarah und Christian traten zurück, um Platz zu machen. Sie stellten sich zu Anna und Leo, die mit ihren Pferden auf einem festen Wegstück warteten.
Sarah hielt den Atem an, als Baggerführer Werner den stählernen Hebearm in Stellung brachte und über Nestors Rücken absenkte. Sofort waren ein paar Rettungsmänner zur Stelle und hängten das Hebegeschirr ein. Zentimeter um Zentimeter wurde es angehoben.
Sarahs Herz klopfte zum Zerspringen. Ja! Gleich war Nestor frei! Anna drückte beruhigend Sarahs Arm.
»Warum macht er nicht weiter?«, fragte Sarah unruhig, als der Hebearm stehen blieb.
Christian langte nach seinem Spaten. »Nestors Beine stecken noch fest. Die müssen wir erst weiter ausgraben. Was glaubst du, was mit Sehnen, Gelenken und Muskeln passiert, wenn ein Pferd einfach hochgerissen wird?«
»Danke«, murmelte Sarah. Daran hatte sie nicht gedacht.
Die Grabearbeiten gingen zügig voran und schon bald hob sich

der Stahlarm erneut. Stück für Stück wurde Nestor aus dem Moor gezogen. Die Retter schaufelten, ließen Nestor anheben, gruben erneut, ließen ihn anheben – und bald steckten nur noch die Hufe fest.

Sein Schweif ist ganz rot geworden, dachte Sarah erstaunt und gleichzeitig schüttelte sie über sich selber den Kopf. War sie verrückt, dass sie so etwas bemerkte?

Und dann war es so weit: Nestor schwebte im Hebegeschirr über dem Moor. Von seinen Beinen tropfte schwarzes Wasser auf den Morast. Abgekämpft hing der Haflinger in den Gurten. Behutsam setzte der Baggerführer ihn auf sicherem Grund ab. Nestor war gerettet!

Erschöpft stand das Pferd da, umringt von lachenden Gesichtern. Nestors Kopf, immer noch verhüllt, hing kraftlos herunter. Eigentlich ein Bild des Jammers – aber in Sarah war nur Platz für überschäumende Freude. Glückseligkeit. Überwältigt von Gefühlen befreite sie Nestor von der Decke und drückte ihn an sich.

Ich habe nicht geglaubt, dass ich dich zurückbekomme.

Nestor drängte sich an Sarah, als wollte er nie wieder von ihr getrennt sein.

Doch, hast du. Sonst hätte ich nicht durchgehalten.

Schwarzer Moorschlamm haftete am Geschirr, an Nestors Beinen, in der Mähne, im Schweif, am ganzen Körper. Auch Sarah sah aus wie ein Dreckspatz. Egal.

Mit halbem Auge bekam sie mit, wie Christian Nestor etwas ins Maul schob. »Stärkungsmittel«, sagte er.

Nachdem alles überstanden war und die Rettungsleute ihren Abzug vorbereiteten, knöpfte der Einsatzleiter sich die Mädchen vor.

»War extrem riskant von euch, den verbotenen Weg zu reiten«, sagte er ernst. »Macht so etwas nie wieder, Mädchen. Wer weiß, ob die Feuerwehr nächstes Mal wieder so schnell zur Stelle ist. Und einer wie Werner mit dem Bagger. Teuer kann es übrigens auch werden.«

Als die Mädchen ihn bestürzt anblickten, nickte er. »Viele Feuerwehren lassen sich Tierrettungen bezahlen. Solche Noteinsätze sind nicht immer kostenlos.« Als er in Sarahs erschrockenes Gesicht sah, fügte er augenzwinkernd hinzu: »Aber wir wollen die Sache mal als Übung gelten lassen.«

Zwei Stunden nach der Rettungsaktion hatte Sarah einige Strohballen vor die Box gerückt, in der Nestor stand. An seinem Bauch klebten letzte Reste von verkrustetem Morast. Mit angezogenen Knien hockte Sarah auf den Ballen und überflog ihre frische Eintragung ins Tagebuch. Die Seiten sahen mitgenommen aus an diesem letzten Tag des Wanderrittes, zerknittert und mit Eselsohren versehen.

Christian von der Feuerwehr ist total nett. Wir dürfen bis morgen auf dem Hof seiner Eltern bleiben. Der Stall liegt so nahe, dass wir die Pferde einfach vom Moor hierherführen konnten. Der Tierarzt war auch da. Er meint, man müsste Nestor noch etwas beobachten, Kreislauf und so. Nestor hat sich aber wahnsinnig schnell erholt, nur müde ist er. Ich kann es immer noch nicht fassen, wie sehr er im Moor an mich geglaubt hat. Jetzt kommt es drauf an, wie es weitergeht! Ob Nestor mir auch künftig blind vertraut? Morgen weiß ich es – wenn Papa uns mit dem Hänger abholt.

Sarah ließ das zerdrückte Heft sinken. Ihre Gedanken wanderten zurück. Was hatten sie alles erlebt in den letzten Tagen! Sie und Leonie und Anna und die Pferde. Hupende Autos und Gewitter, Annas Knöchel und Leiknas Bein. Schwimmen im Teich. Mücken, Mücken, Mücken. Wassersprenger, Antennen und Erntewagen. Umwege über Umwege. Entscheidungen treffen. Nie war ihre Freundschaft so extrem auf die Probe gestellt worden. Sie war über sich selbst erstaunt gewesen. Hatte neue Seiten an sich kennengelernt. Und erfahren, was für ein beglückendes Gefühl es ist, wenn Freunde füreinander da sind. Der Wanderritt hatte ihre kleine Crew und die Pferde noch fester zusammengeschweißt.
Ein vertrautes Geräusch ließ Sarah aufhorchen. Nestor begann, in der Einstreu zu scharren. Sarah setzte sich kerzengerade auf und starrte in die Box. Wollte er sich etwa hinlegen?
Schnell lugte sie ans Ende der Stallgasse, wo Leonie und Anna damit beschäftigt waren, Nestors verschmutzten Sattel abzuseifen. Anna fing Sarahs vieldeutigen Blick auf und stieß Leonie an, worauf sich beide lang machten, um zu sehen, was in Nestors Box vor sich ging.
Langsam knickte Nestor die Vorderbeine ein, ging dann mit dem Hinterteil herunter und legte sich mit angezogenen Beinen in die Einstreu. Einen Moment verharrte er so, unschlüssig noch, doch dann ließ er sich seufzend auf die Seite fallen. Einen kurzen Moment lang äugte er zu Sarah hinüber.
Passt du auf?, las sie aus seinem Blick.
Seine stumme Frage jagte ihr einen Schauer über den Rücken. Bewegt sagte sie leise: »Ja, ich halte Wache.«
Da streckte Nestor wohlig grummelnd alle viere von sich, sein

Kopf sank ins Stroh und im nächsten Augenblick war das Pferd eingeschlafen.
Nestor traute ihr zu, seinen Schlaf zu bewachen! Die höchste Auszeichnung, die ein Fluchttier vergeben kann.
Wie verzaubert starrte Sarah in die Box, aus der ruhige, regelmäßige Atemzüge drangen. Sie spürte die Größe dieses Augenblicks. Die Magie. Und ohne ihre Freundinnen anzusehen, wusste sie, dass auch Leo und Anna fühlten wie sie.
Die ganze Tragödie im Moor hatte Sarah ohne eine Träne durchgestanden, doch nun wurden ihre Augen feucht. Sie konnte sich nicht erinnern, wann sie zuletzt so ein unbändiges Glücksgefühl erlebt hatte.
»Du kannst dich auf mich verlassen, Nestor«, flüsterte Sarah in die Box. »Wenn ich da bin, bist du in Sicherheit. Für immer und ewig.«

Margot Berger

Wahre Pferdegeschichten

978-3-401-50912-9

Entscheidung fürs Leben

Ein eigenes Dressurpferd! Endlich ist Hannahs sehnlichster Wunsch in Erfüllung gegangen. Nachdem sie jedoch angefangen hat, mit Danilo zu trainieren, beginnt das neu gekaufte Pferd zu lahmen. Der Tierarzt stellt eine folgenschwere Diagnose: ein schon länger bestehender Hufschaden. Nun muss Hannah sich entscheiden: Soll sie ihren Traum vom Dressurreiten begraben oder sich von Danilo trennen?

978-3-401-50913-6

Schwere Zeiten für Julia

Obwohl ihr Schimmel Lombard als talentiertes Springpferd gilt, verliert Julia mit ihm jeden Wettkampf, bis der Pferdewirt Kevin ihr anbietet, Lombard kostenlos zu trainieren. Immer stärker drängt Kevin sich jedoch zwischen Julia und Lombard und zwingt Julia schließlich dazu, eine folgenschwere Entscheidung zu treffen.

978-3-401-50914-3

Letzte Chance für Jana

Niemals hätte Jana damit gerechnet, vor dem Jugendrichter zu landen. Mal ein PC-Spiel oder Alk zu klauen – das ist doch keine große Sache. Doch dann wird sie zu 60 Sozialstunden auf einem Pferdegnadenhof verdonnert. Ein Albtraum, findet sie. Bis sie auf dem Hof die misshandelte Stute Fenja kennenlernt und versteht, was es wirklich heißt, Verantwortung zu übernehmen.

Arena

Jeder Band:
Arena-Taschenbuch
www.arena-verlag.de

Margot Berger

Wahre Pferdegeschichten

Auf der Suche nach Calido

Amelies Augen gleiten über die friedlich grasenden Pferde auf der Koppel. Sie kann es immer noch nicht begreifen. Eigentlich sollte dort auch ihr Friese Calido stehen, an seinem Platz unter den Eichen. Doch er ist fort. Calido ist gestohlen worden – entführt bei Nacht und Nebel. Für Amelie bricht eine Welt zusammen. Sie beschließt, nach ihrem Pferd zu suchen.

168 Seiten • Arena-Taschenbuch
ISBN 978-3-401-50915-0
www.arena-verlag.de

Kein Abschied für immer

Nirgendwo scheinen Katastrophen weiter weg zu sein als auf dem idyllischen Clausenhof an der Nordsee. Tessa ist ganz aufgeregt: Ihre heiß geliebte Fjordstute Lika erwartet ihr erstes Fohlen. Doch von einer Minute zur anderen wirft ein dramatisches Ereignis Tessa aus der Bahn. Verzweifelt sucht sie Hilfe im Internet.

Arena

152 Seiten • Arena-Taschenbuch
ISBN 978-3-401-50916-7
www.wahre-pferdegeschichten.de

Margot Berger

Pepper und Flo

Mein größter Pferdesommer

Flo bekommt endlich ein eigenes Pferd! Doch dabei läuft nicht alles nach Plan. Pepper und der Haflinger Alpino sollen auf die Sommerweide – ein Riesen-Abenteuer! Dieser Sammelband enthält die Einzeltitel »Ein Wunschpferd kommt selten allein« und »Ferien auf der Sommerweide«.

416 Seiten • Arena-Taschenbuch
ISBN 978-3-401-50548-0

Meine größten Pferdeabenteuer

Ob beim Wanderritt mit Übernachtung oder beim Ausbruch der gesamten Herde aus der Weide: Pepper und Flo sind ein unschlagbares Team! Dieser Sammelband enthält die Einzeltitel »Ritt ins Abenteuer« und »Pepper in Gefahr«.

Arena

320 Seiten • Arena-Taschenbuch
ISBN 978-3-401-50549-7
www.arena-verlag.de

Jutta Beyrichen

Der Ruf der Pferde

Seit ihr bester Freund bei einem Reitunfall ums Leben gekommen ist, gibt es für Patricia nur noch Schmerz und Verzweiflung. Erst ein Urlaub im schottischen Hochland ändert alles für sie. Denn dort stößt die 14-Jährige auf die junge Stute Dallis, die genauso verstört zu sein scheint wie sie selbst. Behutsam versucht sie, das Pferd aus seiner Isolation zu befreien. Doch dann werden mit einem Schlag Patricias Bemühungen zunichtegemacht ...

Arena

Auch als E-Book erhältlich

312 Seiten • Arena-Taschenbuch
ISBN 978-3-401-50809-2
www.arena-verlag.de